Kaamelott, Livre II
Première partie

ALEXANDRE
ASTIER

KAAMELOTT

Livre II, première partie
Épisodes 1 à 50

J'AI LU

Ces textes sont les scripts originaux destinés,
lors du tournage de la première saison,
aux acteurs et aux techniciens de Kaamelott.
Toutes les modifications de dernière minute apportées
à ces textes sur le plateau (changements de réplique, de
décor, de personnage, coupes diverses, improvisations…)
n'apparaissent pas dans cet ouvrage.

Sommaire

Avant-Propos

Mettons les choses au clair.

Je n'ai jamais voulu me froisser avec les étudiantes en lettres. Je ne saurais prendre le risque de me les mettre à dos. J'aime les étudiantes en lettres, je suis fou des étudiantes en lettres ; je dirais même que — pour paraphraser Omar Sharif — les étudiantes en lettres, c'est ma grande passion. Je dis ça parce que l'avant-propos du tome précédent dépeint avec tendresse quelques attitudes propres aux étudiantes en lettres ; rien ne saurait mieux prouver, d'ailleurs, l'affection que je leur porte : je ne perds jamais une occasion d'en parler. J'ai l'air de me justifier mais tout de même : deux bouquins, deux avant-propos, deux hommages aux étudiantes en lettres ! On avoisine le cent pour cent ! Quant à l'évocation d'une de leurs marottes favorites — annoter en marge des livres « oui, très juste ! » —, elle est certainement moqueuse. Sans aucun doute. Et certaines d'entre elles se sont manifestées, à la parution du précédent bouquin, par des lettres incendiaires et révoltées, s'indignant comme autant d'oies de l'atteinte portée à leur fierté. « Oui, Monsieur Astier, je suis étudiante en lettres ! Et souffrez que je n'annote pas mes livres pour autant. Honte à vous, cher Monsieur, qui livrez aux lecteurs vos lieux communs franchouillards et attendus ! À trop cataloguer les gens dans telle ou telle classe socioprofessionnelle, on en vient toujours à dire des imbécillités. Voire, à tenir des propos ségrégatifs, comme vous venez de le faire. » Cela m'a fait un mal de chien quand j'ai reçu ça. Et cette autre, plus cynique : « Je n'avais pas pour habitude d'annoter mes ouvrages, mais je m'y suis mise à présent, en commençant par le vôtre, que j'ai agrémenté d'un "quel connard !", juste en dessous du nom de l'auteur. » Ça m'a glacé ! Je n'ose plus, à présent, arpenter le Quartier latin ; je ne frôle la Sorbonne que soigneusement dissimulé sous une casquette et équipé de lunettes noires.

L'autre jour, rue des Écoles, une bande de trois étudiantes en lettres m'a malgré tout reconnu ! Une petite blonde vénitienne avec un pantalon sarouel, une grande rouquine myope avec un cartable en vieux cuir et une métisse chinoise anorexique à escarpins. L'une me reconnut et, instantanément, dégaina un Gaffiot de poche qu'elle me lança au visage. Je fuis, comme je pus, déplaçant au passage quelques poubelles municipales jusqu'au milieu du trottoir pour gêner leur chasse et les forcer à emprunter la chaussée, espérant que l'une ou l'autre se fît tamponner par un providentiel soixante-trois. Mais la Chinoise franchit les obstacles sans sourciller, virevoltant au-dessus des poubelles avec une surprenante agilité ; sans doute avait-elle pratiqué, dans son pays natal, la gymnastique aux agrès de haut niveau. On me reprochera certainement cette dernière hypothèse, qu'on tiendra pour un autre lieu commun, raciste cette fois ; peu importe. Grâce à Dieu, la grande saucisse rousse était bien plus myope que je n'avais osé l'espérer : au premier virage, elle prit pour cible un jogger de passage, dont la teinte du survêtement rappelait celle de mon blouson. Elle disparut dans la rue des Carmes, à la poursuite du sportif qui l'entraînait sans le savoir vers les abords du Panthéon. Soudain, arrivant par ma gauche et probablement alertée par téléphone portable, une jolie brune, fine et décoiffée, une « lettres modernes » — spécialisation versification et stylistique, m'a-t-il semblé —, surgit de la rue de la Montagne-Sainte-Geneviève, armée d'un tube de blanc Tippex. « Efface le connard ! », hurla derrière moi la Vénitienne qui me talonnait. N'écoutant que mon courage, je roulai de tout mon dos sur le capot d'un utilitaire garé tout près, me retrouvant soudain pris dans le flot des voitures qui manifestaient leur mécontentement par de rageuses salves de klaxon. Me croyant sauvé et m'apprêtant à regagner le trottoir d'en face, je me vis bloqué par une voiture qui pila juste devant moi. Je n'eus aucune peine à reconnaître le visage exotique de la Chinoise au volant, qui me lançait des regards haineux en m'insultant en cantonais. Passant le bras par sa vitre ouverte, elle m'assena un solide coup de livre sur le sommet du crâne, un pesant volume d'introduction à l'analyse linguistique du discours, dont l'angle écorné m'entailla profondément le cuir chevelu. Profitant du passage d'un scooter, je m'échappai par l'arrière et courus tant que je pus, semant d'une courte avance mes poursuivantes. Ce n'est que parvenu rue du Cardinal-Lemoine que j'obtins les faveurs d'un taxi dans lequel je montai en catastrophe, lui demandant de traverser la Seine au plus vite sans s'arrêter aux feux rouges.

Depuis, je ne vivais plus tranquille. Et ce n'est qu'à la parution du présent volume que je dois l'apaisement de mon esprit, espérant en secret que mes excuses officielles auprès des étudiantes en lettres suffiront à ma réhabilitation. Oui, Mesdemoiselles, je vous présente mes excuses les plus plates. Non, je l'admets, vous n'annotez pas — pas toutes — vos bouquins avec des « oui, très juste ! ».

Et pour preuve de ma bonne foi, je vous dévoilerai un pan de ma vie sentimentale : j'ai jadis épousé une étudiante en lettres. Véridique. Vous pouvez vérifier en mairie.

Celle-ci avait d'ailleurs pour fâcheuse habitude de me battre avec le recueil des lettres de Diderot à Sophie Volland. Je peux même vous montrer mes cicatrices...

Alexandre Astier

Liste des personnages

par ordre d'apparition

ARTHUR †, Roi de Bretagne*
GUENIÈVRE, Reine de Bretagne
PÈRE BLAISE, prêtre chrétien
GALESSIN †, Duc d'Orcanie
BOHORT †, Roi de Gaunes
LANCELOT †, Chevalier du Lac
CALOGRENANT †, Roi de Calédonie
LÉODAGAN †, Roi de Carmélide, père de Guenièvre
PERCEVAL †, Chevalier du pays de Galles
LE TAVERNIER
KARADOC †, Chevalier de Vannes
MERLIN, Enchanteur
LE ROI BURGONDE
SÉLI, mère de Guenièvre
CAIUS CAMILLUS, Centurion romain
FEARMAC
MEVANWI, femme de Karadoc
LE CHEF MAURE
LE JEUNE MAURE
LE MAÎTRE D'ARMES
ANGHARAD, suivante de Guenièvre
YVAIN †, Chevalier au Lion, frère de Guenièvre
GAUVAIN †, neveu d'Arthur
DEMETRA, maîtresse d'Arthur
AZILIZ, maîtresse d'Arthur
TUMET, maîtresse d'Arthur
LE RÉPURGATEUR, inquisiteur chrétien
YGERNE DE TINTAGEL, mère d'Arthur

** Le symbole † indique qu'il s'agit d'un Chevalier de la Table Ronde.*

Guethenoc, paysan
Roparzh, paysan
Belt, paysan
Venec, marchand
Kadoc, frère de Karadoc
la Dame du Lac, Fée
Grüdü, guerrier
Tegeirian
Hervé de Rinel †, Chevalier
Herveig
Torri

Livre II

1
Spangenhelm

A. ASTIER

3 CORS

1. INT. CHAMBRE D'ARTHUR – SOIR

ARTHUR et GUENIÈVRE sont au lit. Ce soir, GUENIÈVRE s'est coiffée d'une sorte de charlotte en dentelle. ARTHUR la regarde avec insistance.

ARTHUR — Non, ça va pas être possible, ça.

GUENIÈVRE — Bah quoi ?

ARTHUR — Non, déjà, sans ça, bon. Mais là, faut peut-être pas trop en demander.

GUENIÈVRE — Ben et vous, vous en avez bien un.

ARTHUR *(ôtant son bonnet)* — Bah je l'enlève, si vous voulez mais *(désignant la charlotte)* ça, je suis désolé, j'y arriverai pas.

GUENIÈVRE soupire.

OUVERTURE

2. INT. SALLE DE LA TABLE RONDE - JOUR

Arthur et ses Chevaliers débutent une nouvelle réunion de la Table Ronde. Père Blaise prend la parole.

Père Blaise — Aujourd'hui, nous devons inaugurer une nouvelle cérémonie.

Arthur — Ah oui. Tout à fait. *(aux autres)* Écoutez bien.

Père Blaise — À partir de ce jour, nous adresserons une prière hebdomadaire à la mémoire de nos regrettés camarades tombés au combat.

Arthur — Voilà.

Galessin — Nos camarades tombés au combat ?

Bohort — Noble initiative, Sire.

Lancelot — Excellente idée.

Calogrenant — En même temps, des camarades tombés au combat…

Léodagan — Ouais, ça se bouscule pas au portillon.

Galessin — Si, il y a l'autre, là…

Léodagan — Lequel ?

Galessin — Celui avec une tête de con, toujours en train de bouffer.

Karadoc — Bah non, je suis là, moi ! Je suis pas mort au combat !

Galessin — Non mais encore un autre…

Arthur — De toute façon, on vous demande de prier, vous priez. Vous discutaillez pas pendant des plombes du pourquoi, du comment. Ça commence à me gonfler léger, ça aussi. Allez, mettez vos casques.

Protestation générale.

ARTHUR — Quoi, qu'est-ce qu'il y a ?

LÉODAGAN — Non, on veut bien prier tout ce que vous voulez mais on met pas les casques, faut arrêter.

ARTHUR — Mais pourquoi ?

LÉODAGAN — Parce qu'avec les casques, on a des têtes de gland.

3. INT. SALLE DE LA TABLE RONDE – JOUR

Les hommes démontrent leur théorie à ARTHUR, passablement irrité.

ARTHUR *(à lui-même)* — Mais qu'est-ce que vous allez m'inventer encore, pour pas faire ce que je vous demande ?

LANCELOT *(aux autres, en colère)* — C'est comme ça que vous respectez la mémoire de nos compagnons ?

LÉODAGAN *(à Lancelot)* — Faites le mariole, vous ! Allez-y, personne vous empêche de le mettre, votre casque !

LANCELOT — La question n'est pas là.

CALOGRENANT — Ah ça… Un Chevalier pointilleux sur le physique comme vous…

LANCELOT — Pointilleux sur le physique ?

GALESSIN — Vous avez toujours les cheveux propres !

LANCELOT — Je ne vois pas le rapport avec nos compagnons.

ARTHUR — Sans déconner, qu'est-ce qui vous prend, aujourd'hui ? Vous avez décidé de m'emmerder, c'est ça ?

LÉODAGAN — C'est pas spécialement aujourd'hui !

CALOGRENANT — Enfin, pour les casques, c'est pas spécialement aujourd'hui.

BOHORT — C'est vrai qu'on s'arrange le plus souvent pour éviter de les mettre.

ARTHUR — Mais pourquoi ?

CALOGRENANT — Parce qu'on a l'air con.

ARTHUR — Mais pas du tout !

LÉODAGAN — Je sais pas ce qu'il vous faut ! Perceval, mettez le vôtre pour montrer au Roi.

PERCEVAL — Bah… Pourquoi moi ?

LÉODAGAN — Parce que vous, c'est encore plus flagrant.

PERCEVAL met son casque.

LÉODAGAN *(à Arthur)* — Vous allez pas me dire… ?

ARTHUR — Faut admettre…

PERCEVAL *(réalisant)* — Ah mais c'est pour ça que tout le monde me traite de glandu ! C'est à cause du casque !

Les Chevaliers jettent un regard vide à PERCEVAL.

ARTHUR — Bon mais lui, d'accord. C'est une sorte de principe. Mais ça le fait pas avec vous tous, quand même !

GALESSIN — Messires… Je crois que nous n'y couperons pas.

Tous les Chevaliers mettent leur casque, sauf LANCELOT.

ARTHUR *(surpris)* — La vache !

CALOGRENANT — La grande classe, non ?

BOHORT — En plus, pour une prière.

PERCEVAL — Hé, Lancelot, il le met pas, le sien !

LANCELOT — Ben c'est bon ! Je crois qu'on a bien compris !

ARTHUR *(à Lancelot)* — Mettez-le, c'est un ordre.

LANCELOT met son casque. ARTHUR soupire et se désespère.

LANCELOT — Je peux l'enlever, maintenant ? Je me sens pas bien.

4. INT. SALLE DE LA TABLE RONDE – JOUR

Les Chevaliers, tous casqués sauf ARTHUR, sont en train de prier. Au bout de quelques secondes, LÉODAGAN rompt le silence.

LÉODAGAN — Je suis désolé, j'arrive pas à me concentrer.

CALOGRENANT — Moi non plus.

ARTHUR — Eh ben faites un effort.

LANCELOT — Pensez à nos compagnons disparus au combat.

LÉODAGAN — Déjà, les compagnons disparus au combat — j'ai beau chercher — pas moyen d'en retrouver un !

CALOGRENANT — En plus, on est pile en face de Perceval !

LÉODAGAN — Et de sa tête de gland.

PERCEVAL — Non mais c'est le casque qui fait ça ! Faut pas faire attention !

LANCELOT — Bon, c'est possible d'avoir un peu de silence ?

GALESSIN — Ho, le lèche-pompes ! *(à Lancelot)* On vous dérange, Apollon ? C'est votre casque, qui vous gêne ?

LANCELOT — Apollon, il va se lever et vous le mettre dans le pif, son casque !

GALESSIN — J'aimerais bien voir ça !

ARTHUR *(soudain)* — Mais vous allez fermer vos mouilles, oui ? Je vous demande pas grand-chose ! Vous priez deux minutes et c'est marre, on enlève les casques !

KARADOC — Heu, vous, vous avez oublié de le mettre, Sire.

ARTHUR — Non mais moi, c'est bon.

KARADOC — Pourquoi ?

ARTHUR — Parce que moi, c'est pas la même chose. C'est pas foutu pareil… Cherchez pas.

FERMETURE

5. INT. SALLE DE LA TABLE RONDE – JOUR

ARTHUR se résigne à mettre son casque.

ARTHUR *(mettant son casque)* — Non mais s'il y a que ça pour vous faire plaisir… Moi, j'en ai rien à foutre, de toute façon, il me va bien, le mien.

Les Chevaliers regardent ARTHUR sans mot dire.

ARTHUR *(enlevant son casque)* — Bon allez, c'est bon, enlevez-les.

Les Chevaliers enlèvent leur casque.

BOHORT — Et pour la prière ?

NOIR

ARTHUR *(OVER)* — Il y a rien à prier, on se souvient pas des mecs, de toute façon.

2
Les Alchimistes

A. Astier

3 CORS

1. INT. TAVERNE – JOUR

Perceval et Karadoc boivent un verre au comptoir tout en discutant avec le Tavernier.

le Tavernier — Vous êtes pas partis au combat avec les autres ?

Karadoc — Demain.

Perceval — Avant, on se fait fabriquer une potion magique de Puissance par Merlin.

le Tavernier — Vous êtes sûrs qu'il va vouloir ?

Perceval — Bah, s'il veut pas, on part pas au combat ! Il y en a marre de se faire charcuter !

OUVERTURE

2. INT. LABORATOIRE DE MERLIN – JOUR

Perceval et Karadoc sont venus visiter Merlin dans son laboratoire.

Merlin — C'est gentil d'être passés mais j'ai pas le temps de discutailler, il faut que je m'en aille.

KARADOC — Attendez deux minutes, quand même !

PERCEVAL — On a besoin de vous pour un truc.

MERLIN — Non ! Ça vous a pas suffi, la dernière fois ? Ne touchez pas à la magie !

PERCEVAL — La dernière fois, ça a rien à voir, vous nous aviez mal expliqué !

MERLIN — Quoi ?

KARADOC — Bah… On était venus pour un sort de Boule de Feu pour aller se battre contre un Orque, vous nous donnez un parchemin…

MERLIN — Un parchemin de Boule de Feu ! Et je vous ai dit que quand on le lisait, ça déclenchait quoi ? Une boule de feu ! Alors forcément, si vous le lisez dans le couloir en sortant d'ici, vous foutez le feu au château ! Je vois pas ce que j'ai mal expliqué !

PERCEVAL — Mais dans le couloir, c'était pour répéter !

KARADOC — On voulait pas lancer la boule dans le couloir, on n'est pas cons, non plus !

PERCEVAL — Forcément, à peine on lit, ça part comme un pet, votre saloperie !

MERLIN — Bref ! La boutique est fermée ! Adressez-vous à la concurrence.

Il s'en va, laissant les deux hommes seuls dans le laboratoire.

PERCEVAL *(à Merlin OFF)* — Allez, quoi ! On a besoin d'une potion ! On va pas la faire nous-mêmes, si ?

Les hommes sont penauds. Ils soupirent. Soudain, la dernière phrase de PERCEVAL fait son chemin dans leur esprit. Ils se saisissent précipitamment de tout ce qui leur tombe sous la main : fioles, herbes, outils…

3. INT. CUISINES – NUIT

Perceval et Karadoc ont étalé tout ce qu'ils ont dérobé chez Merlin sur la grande table.

Perceval — Bon alors maintenant, il s'agit de pas faire n'importe quoi.

Karadoc — De l'organisation !

Perceval — Déjà, on devrait commencer par trier les fioles.

Karadoc — Selon quoi ? Les couleurs ?

Perceval — Non, les couleurs, ça peut être trompeur. Regardez les haricots. Les rouges, ils sont plus jolis que les blancs mais ils bousillent les boyaux !

Karadoc — Ah ouais.

Perceval *(reniflant une fiole)* — Par exemple, celle-là, qu'est-ce qu'on peut dire ?

Perceval met la fiole sous le nez de son camarade.

Karadoc — Elle pue ?

Perceval — Voilà. Et qu'est-ce qu'il y a d'autre qui pue, sinon ?

Karadoc — Comme fiole ?

Perceval — Non, non, dans la vie…

Karadoc — Les pieds ?

Perceval — Et les pieds, on peut dire que c'est plutôt une bonne chose ou une mauvaise chose ?

Karadoc — Ben, c'est une bonne chose pour marcher…

Perceval — Mais… ?

KARADOC — … mais quand on marche trop, ça fait mal aux pieds.

PERCEVAL — Exactement. Donc, cette fiole, selon comme elle pue, on dit qu'elle est plutôt bonne mais il faut pas trop en mettre. Allez-y.

Il tend la fiole à KARADOC qui se saisit d'une autre fiole vide.

KARADOC *(s'apprêtant à verser)* — J'en mets combien, alors ?

PERCEVAL — Vous en mettez pas trop.

KARADOC verse.

PERCEVAL — Voilà. Ensuite ?

KARADOC *(se saisissant d'une autre fiole)* — Celle-là ?

PERCEVAL — Non, celle-là, on en met pas.

KARADOC — Pourquoi pas ?

PERCEVAL — Ben, parce que ! On va pas toutes les mettre, quand même ! Merlin, il met pas tout à chaque fois !

KARADOC — Ah ouais.

Il pose la fiole et en prend une autre.

KARADOC — Celle-là ?

PERCEVAL — Allez-y, sentez-la, vous ! Il faut oser se lancer, sinon vous progresserez jamais !

KARADOC *(sentant la fiole)* — Ah bah merde…

PERCEVAL — De quoi ?

KARADOC — Elle sent les pieds, celle-là.

PERCEVAL — Comme l'autre ?

KARADOC — Non, l'autre, j'ai dit qu'elle puait mais pas forcément les pieds. Et puis vous, vous avez dit : « Qu'est-ce qu'il y a d'autre qui pue ? » Et moi j'ai dit : « les pieds. »

PERCEVAL — Merde. Et celle-là ?

KARADOC — Ah bah celle-là, c'est vraiment les pieds.

PERCEVAL *(soupirant)* — Bon bah, faut tout recommencer.

4. INT. SALLE DE LA TABLE RONDE – JOUR

PERCEVAL et KARADOC sont venus rendre compte de leurs travaux au Roi.

PERCEVAL *(à Arthur)* — Alors voilà. Si on vous a convoqué…

ARTHUR lève les yeux au ciel.

KARADOC — Bah quoi ?

ARTHUR — Vous croyez vraiment que vous avez les moyens de me convoquer ?

PERCEVAL et KARADOC se regardent sans comprendre.

ARTHUR — Je suis là parce que je veux bien. Et si vous m'avez fait déplacer pour rien, je vous balance quinze jours dans une cage sans boire ni bouffer et je me démerde pour que vous chopiez le typhus. Je vous écoute.

PERCEVAL — Bon, on va faire simple.

ARTHUR — Je vous le conseille.

KARADOC — On était partis pour inventer une potion magique de Puissance.

ARTHUR — Qui ? Vous ?

PERCEVAL — Bah, on n'a pas de technique mais c'est comme tout… *(désignant sa tête)* Faut avoir du… Voyez ?

ARTHUR perd patience.

KARADOC — Bon, alors la potion de Puissance, ça a foiré.

ARTHUR *(ironique)* — Merde, ça me coupe les jambes. Comment ça se fait ?

KARADOC commence à ingurgiter le contenu d'une fiole.

PERCEVAL — Mais comparé à ce qu'on a trouvé, la potion de Puissance, ça vaut de la pisse.

KARADOC a fini de boire.

PERCEVAL *(à Arthur)* — Vous êtes prêt ?

ARTHUR *(méfiant)* — Ben… ouais…

KARADOC parle à présent d'une voix magiquement haute, rappelant celle modifiée par l'inhalation d'hélium.

KARADOC *(très aigu)* — Bonjour, Sire ! Comment vous portez-vous, aujourd'hui ?

PERCEVAL et KARADOC sont atteints d'une violente crise de fou rire.

FERMETURE

5. EXT. CAMPEMENT FORÊT – JOUR

Lancelot, Karadoc et Perceval, armes à la main, reviennent en courant vers Arthur qui est resté sous la tente de commandement.

Lancelot *(fort, brandissant son épée)* — Victoire, Sire ! L'ennemi est en fuite !

Les voix de Perceval et Karadoc sont sous l'effet de leur potion.

Perceval *(aigu, riant déjà)* — Ouais, c'est grâce à notre arme secrète !

Karadoc *(aigu, riant)* — On est indestructibles !

Ils rient de bon cœur. Lancelot, excédé, attaque Perceval à l'épée.

NOIR

Perceval *(over, aigu et apeuré)* — Arrêtez ! C'est pour déconner !

3
Le Dialogue De Paix

A. Astier

3 CORS

1. EXT. FORÊT – JOUR

Calogrenant rejoint Arthur et Lancelot.

Calogrenant — Ils sont toujours là, ces cons !

Lancelot — Non mais c'est pas vrai ! C'est une déclaration de guerre ou quoi ?

Arthur — Qu'est-ce qu'on fait ? On va pas les laisser camper sur nos terres sans rien dire, quand même !

Lancelot *(outré)* — En plus, les Burgondes, ils sont dégueulasses ! Ils mangent salement et ils ramassent même pas leurs détritus !

OUVERTURE

2. INT. COULOIRS – JOUR

Lancelot échange quelques mots avec Arthur qui s'apprête à entrer dans la salle à manger.

Lancelot — Vous inquiétez pas, Sire. Il y a pas de raison que ça se passe mal…

Arthur — Ça me fait bizarre, quand même, d'aller négocier un traité de paix tout seul, comme ça !

Lancelot — C'est mieux ! Roi contre Roi ! Face-à-face !

Arthur — À table, en plus… Ça fait pas un peu négligé, pour un traité de paix ?

Lancelot — Vous avez vu le gars… À mon avis, il aime bien bouffer ! Ça peut le mettre dans de bonnes dispositions…

Arthur — Bon, on va voir. L'interprète burgonde est là ?

Lancelot *(gêné)* — Heu… non mais cette fois, il y a pas d'interprète.

Arthur — Pas d'interprète ? Vous vous foutez de moi ? Vous croyez peut-être que je vais tailler la bavette en burgonde ?

Lancelot — D'après le message de son ministre, il a pris des leçons pour parler dans notre langue. Il paraît qu'il s'en sort pas mal !

Arthur — Le Roi Burgonde, il parle notre langue ?

Lancelot *(ne pouvant pas être aussi affirmatif)* — Il a pris des leçons.

Arthur *(soupirant)* — Eh ben, il part pas gagnant, le traité de paix !

Lancelot — Ça vous donne une autre occasion de le flatter ! Vous le félicitez pour ses progrès, vous utilisez un vocabulaire simple…

Arthur — « Décarre tes troupes de chez moi ou je crame ton pays. » C'est assez simple, comme vocabulaire ?

3. INT. SALLE À MANGER – JOUR

Arthur et le Roi Burgonde déjeunent face-à-face. Alors que le repas se déroule dans le plus grand silence, le Roi Burgonde brandit une cuiller devant Arthur.

le Roi Burgonde — Cuiller !

Arthur — Très bien !

le Roi Burgonde *(sans comprendre)* — « Très bien… » ?

Arthur *(désignant la cuiller du Roi avec son couteau)* — Cuiller !

le Roi Burgonde *(imitant Arthur avec cuiller et couteau)* — Cuiller ?

Arthur — Non. Ça fait rien.

le Roi Burgonde *(riant)* — Ah ! « Ça fait rien ! »

Arthur ne sait comment aborder le sujet qui l'occupe.

Arthur — Alors… à propos du traité du paix…

Le Roi Burgonde se fige, suspendu aux lèvres d'Arthur.

Arthur — Le traité de paix.

Le Roi Burgonde, sans conviction, extirpe un morceau de viande de son assiette et le présente à Arthur.

Arthur *(déçu, à lui-même)* — Bon, eh ben, on va trouver un interprète…

le Roi Burgonde *(soudain très sévère)* — Ha ha ! Arthur !

Arthur s'étonne de se voir appeler par son nom.

LE ROI BURGONDE — Arthur !

ARTHUR — Eh ben, quoi ?

LE ROI BURGONDE *(présentant sa cuiller)* — Cuiller !

ARTHUR désespère.

ARTHUR — Interprète !

LE ROI BURGONDE — Interprète ?

ARTHUR — Interprète !

LE ROI BURGONDE *(comme un cri de guerre, se levant)* — Interprète ! Cuiller !

ARTHUR abandonne. LE ROI BURGONDE remarque la mine de son interlocuteur. Il se rassied.

LE ROI BURGONDE — Arthur ?

ARTHUR *(sans y croire)* — Ouais…

LE ROI BURGONDE — « La fleur en bouquet fane et jamais ne renaît… »

ARTHUR reste sans réaction.

4. INT. SALLE À MANGER – JOUR

ARTHUR a fait venir SÉLI.

ARTHUR *(à Séli)* — Bon, vous traduisez exactement ce que je vous dis, hein ! Là, on joue la paix du Royaume, on discute pas météo.

LE ROI BURGONDE — Météoooooooooooooooooo.

SÉLI — Attendez, j'ai pas dit que je parlais le burgonde, moi !

ARTHUR — Qu'est-ce que vous foutez là, alors ?

SÉLI — J'ai dit que quand j'étais gamine chez les Pictes, j'avais une petite copine prisonnière qu'était burgonde !

ARTHUR — Eh ben, vous parlez burgonde !

SÉLI — Non mais s'il parle un peu, votre pote, il y a peut-être quelques mots qui vont me revenir...

ARTHUR — Ah non mais c'est pas vrai...

LE ROI BURGONDE *(sec envers Arthur)* — Arthur !

ARTHUR *(sans y croire)* — Quoi ?

LE ROI BURGONDE *(sévère et catégorique)* — Pas changer assiettes pour fromage !

SÉLI — C'est pas du burgonde, ça.

ARTHUR *(à Séli)* — Bon, vous savez dire « traité de paix » ?

SÉLI — Non, je sais pas dire « traité ».

ARTHUR — Vous savez dire « paix » ?

SÉLI — Heu... non, je sais plus...

ARTHUR renonce. LE ROI BURGONDE considère sa cuiller comme s'il venait de découvrir un trésor.

LE ROI BURGONDE *(de plus en plus émerveillé)* — Cuiller... Cuiller ! Cuillllller !

L'œil grand ouvert sur l'horizon, il met les bras en croix, poings serrés, dans une posture des plus héroïques.

LE ROI BURGONDE *(noblement)* — Ave Cæsar !

Il pète.

FERMETURE

5. INT. SALLE À MANGER – JOUR

Arthur, désespéré, a abandonné toute idée de succès. Séli prend les choses en mains.

Séli *(passant le traité et une plume au Burgonde)* — Tenez, signez là, machin !

Arthur — Qu'est-ce que vous faites ?

Le Roi Burgonde considère le papier avec curiosité.

Séli — Non mais on va pas y passer la nuit !

Le Roi signe le traité.

le Roi Burgonde — Ha ha ! Cuiller !

Séli — Et voilà !

Arthur — Mais il comprend pas ce qu'il signe ! Il risque pas de retirer ses troupes !

le Roi Burgonde — Troupes ? Troupes !

Le Roi Burgonde est pris d'une crise de fou rire.

NOIR

Le Roi Burgonde est pris d'une incontrôlable crise de rire ; il pète.

4
Le Portrait

A. ASTIER

3 CORS

1. INT. CHAMBRE D'ARTHUR – NUIT

ARTHUR et GUENIÈVRE sont au lit. Abandonnant sa lecture, ARTHUR remarque que sa femme semble perturbée.

ARTHUR — Qu'est-ce que vous avez encore ? Pourquoi vous faites cette tête ?

GUENIÈVRE — Mais quelle tête je fais ? Je fais pas de tête !

ARTHUR — Bah… Vous êtes toute…

GUENIÈVRE — Toute quoi ?

ARTHUR — Vous faites pas la gueule, là ?

GUENIÈVRE — Mais non !

ARTHUR *(admettant)* — Ah oui, peut-être, oui.

Il se replonge dans sa lecture.

OUVERTURE

2. INT. SALLE DE LA TABLE RONDE – JOUR

Arthur contemple un portrait sur toile, sous le regard fier de Léodagan.

Arthur — Et vous allez le mettre où, ça ?

Léodagan — Vous voyez comment c'est foutu chez moi, à peu près ?

Arthur — Vaguement, oui…

Léodagan — Quand vous rentrez tout de suite à gauche, vous avez la salle d'armes et, en face, vous avez deux portes : une qui donne sur les cuisines et l'autre sur un long couloir avec des fenêtres à petits carreaux. Après, vous avez trois marches qui vont vers les chambres ou alors, si vous prenez à droite, vous allez à la tour de garde.

Arthur — Non mais attendez, ça va ! Vous allez pas me faire tout le domaine, si ?

Léodagan — Mais quoi ?

Arthur — Je vais pas l'acheter, votre baraque ! *(désignant le portrait)* Je vous demande où vous allez mettre ça !

Léodagan — Tout de suite en rentrant. Voilà ! Il y avait déjà mon père, mon grand-père… il manquait plus que moi.

Arthur *(surpris, scrutant le portrait)* — Comment mais… parce que c'est vous, ça ?

Léodagan — Ben évidemment ! Qui voulez-vous que ce soit ?

Arthur — La vache ! Faut avoir l'œil !

Léodagan — Quoi, vous me reconnaissez pas, là-dessus ?

Arthur *(faisant un effort)* — Peut-être, oui… *(honnête)* Non mais non, pas du tout.

3. INT. SALLE DE LA TABLE RONDE – JOUR

BOHORT est venu donner son avis. Il réfléchit longuement, les yeux rivés sur la peinture.

BOHORT — Père Blaise ?

LÉODAGAN — Non mais vous vous foutez de ma gueule !

BOHORT — Je sais pas quoi vous dire, moi…

LÉODAGAN — Vous êtes bigleux ou quoi ? Père Blaise, il a plus un poil sur le caillou ! Vous reconnaissez pas ma tignasse, là ?

BOHORT *(hésitant)* — Oui, maintenant que vous me le dites…

LÉODAGAN — Quand même !

BOHORT — On dirait Père Blaise avec une tignasse.

LÉODAGAN — Mais qu'est-ce que vous venez me gonfler avec votre Père Blaise ?

BOHORT — Ah si ! Je suis désolé, il y a du Père Blaise ! Surtout dans le sourire…

ARTHUR — Tiens c'est vrai, ça ! Qui c'est qui vous a demandé de sourire comme ça ?

LÉODAGAN — C'est l'autre con, là… avec ses pinceaux…

ARTHUR — Moi, je crois que c'est là que ça coince !

BOHORT — Pourquoi est-ce que vous n'avez pas dit au peintre que vous ne souriez jamais ?

LÉODAGAN — Comment ça « je souris jamais » ?

BOHORT — En tout cas, j'ai pas souvenir.

ARTHUR — Allez-y, souriez pour voir…

LÉODAGAN force un sourire qui lui donne une mine constipée.

ARTHUR — Ah bah voilà ! Cherchez pas... Je vous assure, c'est hyper flippant !

LÉODAGAN *(soudain en colère)* — Qu'est-ce qu'il y a ? Il vous plaît pas, mon sourire ?

ARTHUR — Ah, voilà ! Là, par contre, c'est vous ! Là, je vous reconnais !

ARTHUR prend une pièce de monnaie à sa ceinture et la lance à LÉODAGAN par-dessus la table.

ARTHUR — Tenez, regardez... Moi, je souris pas sur les pièces de bronze !

LÉODAGAN et BOHORT observent la pièce avec étonnement.

LÉODAGAN — Quoi, c'est vous sur les pièces de bronze, là ?

ARTHUR — Bah...

BOHORT et LÉODAGAN se regardent, incrédules.

4. INT. SALLE DE LA TABLE RONDE – JOUR

PERCEVAL s'est joint à la réunion. Il étudie la pièce de monnaie avec minutie.

PERCEVAL — C'est quelqu'un que je connais ?

ARTHUR — Bah, un peu, oui...

PERCEVAL — Et lui, il me connaît ?

ARTHUR — Mais qu'est-ce que ça peut foutre ?

PERCEVAL — Ça me donnerait un angle de réflexion.

ARTHUR — Ah non ! Ne commencez pas avec vos termes !

BOHORT — Il paraît qu'il s'agit du Roi.

ARTHUR — Mais il y a pas de « il paraît » ! C'est moi, c'est tout !

LÉODAGAN — Personne vous reconnaît.

PERCEVAL — Mais ça peut pas être vous, ça !

ARTHUR — Et le Dragon ? Vous reconnaissez pas le Dragon ? Arthur, le Dragon, Arthur… *(désignant sa tête)* Il y a rien qui gigote, là-dedans ?

PERCEVAL — Mais je vous ai jamais vu avec un Dragon, moi !

LÉODAGAN *(moqueur)* — Moi pour qu'on me reconnaisse, il faut juste deux, trois coups de pinceau mais vous…

ARTHUR — Vous, vous devriez arrêter de sourire parce que, je vous promets, ça devient vraiment malsain.

FERMETURE

5. INT. CHAMBRE D'ARTHUR – NUIT

ARTHUR et GUENIÈVRE sont au lit. GUENIÈVRE semble très contente ; elle sourit.

GUENIÈVRE — C'était pas désagréable, ce petit dîner, ce soir, hein ?

ARTHUR *(réalisant en la regardant)* — Ah, ça y est ! Vous avez exactement le même sourire que votre père.

GUENIÈVRE — Ah bon ?

ARTHUR — Oui, affiché. D'ailleurs, ça me fait le même… oui.

NOIR

ARTHUR *(OVER)* — Non, arrêtez, c'est hyper malsain.

5
Silbury Hill

J. Sevilla

3 CORS

1. INT. CHAMBRE D'ARTHUR – SOIR

Arthur et Guenièvre sont au lit.

Guenièvre — Demain, avec l'assemblée des femmes, on va pique-niquer sur la colline de Silbury.

Arthur — Quoi ? Pique-niquer à Silbury ? Vous vous foutez de moi ?

Guenièvre — Mais pourquoi vous vous mettez en colère ?

Arthur — Je vous ai déjà dit vingt fois d'arrêter de laisser traîner vos os de poulet sur les sites sacrés ! Vous allez finir par nous attirer des emmerdements !

OUVERTURE

2. INT. SALLE À MANGER – JOUR

Arthur, Léodagan, Séli et Guenièvre déjeunent. Séli et Guenièvre ont toutes les deux, sur la joue, une réaction cutanée qui a pris la forme d'un signe magique.

ARTHUR — Qu'est-ce que vous avez sur la tronche ?

SÉLI — Des plaques.

ARTHUR — Des plaques ?

LÉODAGAN — Des plaques de quoi ?

GUENIÈVRE — On doit faire une réaction à quelque chose…

SÉLI — Une allergie…

LÉODAGAN — Remarquez, c'est pas banal, comme réaction allergique !

ARTHUR *(aux femmes)* — Vous vous foutez de moi, non ? Vous vous êtes approchées d'un site sacré !

GUENIÈVRE — Mais non, je crois pas…

SÉLI — En tout cas, il y avait pas d'écriteau !

ARTHUR — Mais c'est quand même pas compliqué, bon Dieu ! Quand vous tombez sur des gadins de douze pieds de haut plantés en ronds, figurez-vous qu'ils ont pas poussé dans la nuit !

SÉLI — De toute façon, dans votre bled, on peut pas faire trois pas sans tomber sur un site magique, alors ! S'il fallait sauter par-dessus à chaque fois…!

ARTHUR — Bon, de toute façon, je vois pas pourquoi je discute… *(à Léodagan)* Beau-père, demain, vous lancerez la construction d'une série de murailles interdisant l'accès à tous les sites sacrés du territoire breton.

LÉODAGAN — Quoi ? Vous vous payez ma tête ?

ARTHUR — Soyez gentil, faites ce que je vous dis.

LÉODAGAN *(à Séli et Guenièvre)* — Vous voyez où ça mène, vos pique-niques à la con ?

3. INT. SALLE À MANGER – JOUR

Arthur, Léodagan, Séli et Guenièvre sont à table. Guenièvre et Séli ont un signe magique sur le front.

Arthur — Alors là, il y a deux solutions : soit votre allergie s'arrange pas, soit — mais ça m'étonnerait vu que je vous l'ai formellement interdit — vous avez encore été fouiner du côté d'un site sacré !

Guenièvre — Mais non… mais pas du tout !

Séli — Tout de suite…

Léodagan — Bon alors quoi ?

Séli — C'est peut-être une forme d'urticaire…

Léodagan — Vous en êtes une belle, vous, de forme d'urticaire !

Arthur — Est-ce que vous avez bientôt fini de nous prendre pour des billes ?

Séli — En tout cas, on n'a pas mis les pieds sur un site magique !

Guenièvre — On s'est assises dans un champ de blé et on a mangé du céleri !

Arthur — Et vous êtes sûres qu'il y avait pas un cercle de pierres dans votre champ de blé ?

Séli — Oh bah quand même ! On n'est pas complètement crétines !

Guenièvre — Il y avait un cercle dans le blé mais il y avait pas de pierres.

Léodagan — Qu'est-ce que ça veut dire, ça : « Il y avait un cercle dans le blé » ?

Séli — Un cercle, quoi… Dans le blé.

GUENIÈVRE — Un immense cercle bien rond, bien propre où toutes les tiges étaient couchées au sol.

LÉODAGAN *(comprenant)* — Oh mais c'est pas vrai…

ARTHUR — Vous vous êtes assises en plein milieu d'un cercle de culture !

SÉLI — Un cercle de culture ?

GUENIÈVRE — Nous on a cru que c'était là pour faire joli !

LÉODAGAN — Bien sûr ! Ils ont que ça à foutre, les paysans : bousiller les champs de blé pour dessiner des cercles !

SÉLI — Ben d'où ils sortent, alors ? Ils tombent pas du ciel, si ?

LÉODAGAN — Bah évidemment que si !

ARTHUR — Bon allez ! *(à Léodagan)* Demain, vous me faites dresser une muraille autour de chaque champ de blé où il y a un cercle de culture.

LÉODAGAN *(aux femmes, en colère)* — Je vais vous passer le goût des sorties de plein air, moi !

4. INT. SALLE DU TRÔNE – JOUR

GUETHENOC est venu se plaindre au Roi.

GUETHENOC — Non, mais dites donc ! Ca va pas mieux ! Qu'est-ce que c'est que ces machins que vous avez fait construire autour de mes blés ?

ARTHUR — Des murailles !

GUETHENOC — Des murailles pour quoi faire ?

ARTHUR — Pour qu'on puisse pas rentrer dans les cultures.

GUETHENOC — Ah bah, c'est intéressant ! Vous prendrez deux minutes pour m'expliquer comment je fais ma moisson sans rentrer dans les cultures…

ARTHUR — Oui bah, je peux pas penser à tout ! Là !

GUETHENOC — Non mais c'est pas de la mauvaise volonté, hein ! J'ai déjà travaillé pour des gars bizarres mais celle-là, quand même, on me l'avait jamais faite !

ARTHUR — C'est de l'ésotérisme, vous pouvez pas comprendre !

GUETHENOC — Ah bah non, je comprends rien, moi. Je suis un glandu de la campagne ! En attendant, si vous voulez bouffer du pain cet hiver, vous irez vous farcir les moissons tout seul !

ARTHUR — Mais vous allez pas me gonfler jusqu'à demain avec vos moissons ! Vous les ferez l'année prochaine ! Qu'est-ce que j'en ai à foutre !

GUETHENOC — Eh ben démerdez-vous ! Moi, je vais rentrer mes vaches ! Elles sont accessibles ou il faut que je fasse monter un échafaudage ?

FERMETURE

5. INT. CHAMBRE D'ARTHUR – SOIR

ARTHUR et GUENIÈVRE sont au lit.

GUENIÈVRE — Comment on sait que la colline de Silbury, elle est magique ?

ARTHUR — La colline de Silbury — ça fait vingt fois que je vous le dis — en fait, c'est une pyramide.

GUENIÈVRE — Ah bon… Mais alors, si on pique-nique dans le champ d'à côté… ou même dans la cour du château, qu'est-ce qui nous dit qu'il y a pas une pyramide, en dessous ?

NOIR

ARTHUR *(OVER)* — Bah, si vous faites une poussée allergique, il sera toujours temps de se poser la question…

6
Le Reclassement

A. ASTIER

3 CORS

1. EXT. FORÊT – JOUR

ARTHUR et LÉODAGAN étudient une carte devant la tente de commandement. LANCELOT arrive en trombe.

LANCELOT *(bas)* — Sire ! Sire !

ARTHUR — Qu'est-ce qui se passe ?

LANCELOT — Un Romain tout seul, là-bas, à une lieue !

LÉODAGAN *(à Arthur)* — Eh ben ? Qu'est-ce qu'on en a à foutre ?

LANCELOT — On le zigouille ou pas ?

LÉODAGAN *(à Arthur)* — Comment « on le zigouille » ? Ils sont pas censés nous fédérer ?

ARTHUR — Si, si… Ils nous fédèrent… M'enfin, si on peut s'en farcir un ni vu ni connu, ça fera toujours ça de pris. On dira que c'est pas nous. Allez !

Ils s'en vont.

OUVERTURE

2. EXT. FORÊT – JOUR

ARTHUR et LÉODAGAN sont cachés derrière un arbre, loin de leur camp, en zone sauvage. Ils observent LANCELOT qui s'approche à pas feutrés d'une silhouette romaine qui lui fait dos. Arrivé à sa hauteur, LANCELOT attrape la tête du Romain par les cheveux, la retourne vers lui et s'apprête à lui trancher la gorge. Au loin, ARTHUR et LÉODAGAN crient en accourant.

ARTHUR ET LÉODAGAN — Stop ! Stop !

LÉODAGAN — C'est Caius !

ARTHUR — Arrêtez tout !

LANCELOT — De quoi ?

LÉODAGAN — C'est Caius !

ARTHUR et LÉODAGAN sont arrivés à la hauteur des deux hommes.

CAIUS — Ho, les jetons que vous m'avez mis !

LANCELOT — Quoi, c'est pas un Romain ?

LÉODAGAN — C'est un Romain mais c'est Caius.

ARTHUR — La trouille qu'on a eue ! A deux secondes près, vous étiez saigné !

LANCELOT — Ah ouais, je confirme.

CAIUS — Bon bah sinon, ça va ?

LÉODAGAN — Bah ouais, bien.

CAIUS — La Table Ronde, ça filoche ? Tout bien ?

ARTHUR — Ça marche pas mal.

LÉODAGAN *(désignant Lancelot)* — Excusez le pote Lancelot… Il vous connaît pas.

CAIUS *(à Lancelot, saluant)* — Centurion Caius Camilus.

LANCELOT — Ah mais si, je vous ai vu à Kaamelott, une fois.

LÉODAGAN — Vous venez vous jeter un godet au campement ?

CAIUS — Allez. *(se reprenant, en plaisantant)* À moins que ce soit un guet-apens…!

Les hommes se regardent.

ARTHUR *(sérieusement)* — Non, non… juste un godet.

Ils partent.

3. EXT. FORÊT – JOUR

De retour au camp, ARTHUR, LÉODAGAN, LANCELOT et CAIUS boivent un verre autour du feu.

CAIUS — Et si ça avait pas été moi, tout à l'heure… Si ça avait été un autre Romain ?

LÉODAGAN — Eh ben ?

CAIUS — Eh ben, il passait ad patres vite fait ! Vous butez les Romains, maintenant, ça y est ? C'est la révolte…

ARTHUR — Mais non… De dos, on vous avait pris pour un Viking.

CAIUS — Avec la jupe ? Et les cheveux bruns ? Vous vous foutez de moi ?

LANCELOT — Ben, en approchant, c'est ce que je me suis dit : « Tiens, un Viking brun avec une jupe, voilà qui est pas banal. »

LÉODAGAN *(à lui, buvant)* — Je pense bien… Un Viking tout seul dans la forêt à cent cinquante bornes des côtes…

ARTHUR — Hé, ça vous ferait mal de soutenir ?

Léodagan *(à Caius)* — Enfin bref, ce qui compte, c'est que vous soyez sain et sauf. Le reste…

Caius — C'est justement le reste qui me trottine. Il me semble quand même que vous avez voulu vous faire un Romain !

Lancelot — Nous ? Alors là, c'est pas notre style ! On a le respect de l'envahisseur, figurez-vous !

Léodagan — L'envahisseur… Il doit en rester deux douzaines qui se courent après… Il a bonne mine, l'envahisseur !

Arthur — Mais qu'est-ce que vous racontez ? *(à Caius)* Jamais on vous causerait du souci. Vous le savez bien !

Caius — N'empêche qu'au camp, il y en a deux-trois, ils sont partis aux champignons, eh ben on les a plus revus !

Léodagan — Ah ça, quand on connaît pas, il faut se méfier avec les champignons.

4. EXT. FORÊT – JOUR

Lancelot s'est retiré. Arthur et Léodagan ont une violente prise de bec avec leur ami Caius.

Léodagan *(fort)* — Rome, maintenant, ça fait plus peur à personne !

Caius — On a mis à genoux la moitié du monde ! Vous comme les autres !

Arthur — Oh, à l'époque, peut-être…

Caius — Il y a pas d'époque ! On domine, OK ? C'est nous les tôliers !

Arthur — Bon, on peut pas parler.

Caius *(très énervé)* — Parler de quoi ? Vous signale que vous êtes censés vous soumettre !

LÉODAGAN — Soumettre mon cul !

ARTHUR — Nous, c'est pour vous, qu'on s'inquiète ! Parce que si Rome, c'est fini, demain, vous virez clodo !

CAIUS — Qu'est-ce que ça peut vous foutre ? Vous me proposez une place ?

LÉODAGAN — Exactement. On vous met à la tête d'une troupe, on vous refile un bout de terrain et vous devenez « Seigneur Camilus ».

ARTHUR — On se fout pas de vous, quand même !

CAIUS *(touché)* — Les mecs, vous vous rendez pas compte… Je peux pas déserter l'armée de César comme ça…

ARTHUR — Mais il y en a plus, d'armée de César. Il reste deux-trois cakes en jupette, histoire de marquer le coup, mais c'est fini.

LÉODAGAN — Admettez-le, ça vous détendra…

CAIUS *(se levant d'un bond)* — J'ai rien à détendre ! Jamais je trahirai ! Ave Cæsar ! Ave Cæsar !

LÉODAGAN *(à Arthur)* — Quoi « Ah ouais, César » ?

FERMETURE

5. EXT. FORÊT – JOUR

CAIUS, toujours vexé, s'apprête à partir.

CAIUS — Jamais j'ai subi un affront pareil !

LÉODAGAN — On aurait dû laisser Lancelot vous tailler le gosier ! Au lieu d'essayer de vous sortir de la purée…

ARTHUR — Quand vous serez obligé de faire les valoches et de rentrer à Rome comme un bouseux, vous regretterez !

Caius — J'ai rien à regretter ! La seule chose que je veux savoir :

NOIR

Caius *(over)* — … c'est si dans deux jours, je regrette, est-ce que la proposition tient toujours ?

7
Le Rassemblement Du Corbeau

A. Astier

3 CORS

1. INT. LABORATOIRE DE MERLIN – JOUR

Arthur est venu rendre visite à Merlin dans son laboratoire.

Arthur — Qu'est-ce que c'est que cette histoire ? Vous y allez pas au…

Merlin — Au quoi ?

Arthur — À la réunion avec tous les Druides, là, je sais pas quoi ?

Merlin — Non j'ai pas envie.

Arthur — Mais j'en ai rien à foutre ! Vous y allez, c'est tout !

Merlin — Mais qu'est-ce que vous voulez que j'aille faire là-bas ?

Arthur regarde Merlin avec insistance.

Merlin — Ouais, c'est parce que je suis Druide, c'est ça ?

OUVERTURE

2. INT. LABORATOIRE DE MERLIN – JOUR

MERLIN s'explique.

MERLIN — J'aime pas y aller, à ce truc. Ça me gonfle. Il y a tous les clodos du pays qui portent une barbiche et qui se prennent pour des Druides !

ARTHUR — Mais enfin, toutes les régions sont représentées ! Si vous y allez pas, il manquera que le Druide que Kaamelott !

MERLIN — Mais on s'en fout ! On n'en a pas besoin, de ça ! C'est un genre de fête à la con, c'est en plein milieu de la forêt, on se pèle, en plus !

ARTHUR — Non mais s'il vous plaît, ne me prenez pas pour un con ! Vous vous les faites toutes, les fêtes à la con !

MERLIN — Comment ça ?

ARTHUR — Mais oui ! À chaque fois qu'on a besoin de vous, vous êtes pas là ! Vous êtes toujours fourré à la grande fête du machin, la célébration du truc…

MERLIN — Après, il y en a qui sont intéressantes !

ARTHUR — Attendez, celle où je suis venu une fois, là…

MERLIN — Laquelle ?

ARTHUR — Le truc avec la pierre, là…

MERLIN — La Réunion de la Pierre Bleue.

ARTHUR — Voilà. Eh ben vous m'excuserez, mais à part picoler, je me souviens pas qu'on ait fait grand chose ! Parce que c'est quoi, cette fois ?

MERLIN — Le Rassemblement du Corbeau.

ARTHUR — Et c'est pas bien, ça ?

MERLIN — Ben déjà, c'est sans alcool.

3. INT. LABORATOIRE DE MERLIN – JOUR

La discussion continue.

MERLIN — Bon, déjà, ça dure le week-end entier. C'est trop long. Après, c'est thématique. Et moi, les week-ends thématiques…

ARTHUR — Mais c'est sur quel thème ? Le corbeau ?

MERLIN — Tout juste.

ARTHUR — Mais par exemple, qu'est-ce qui se passe ?

MERLIN — Bah, ceux qui savent se transformer en corbeau, ils le font. Là, déjà, il y en a bien pour trois-quatre heures…

ARTHUR — Vous mettez quatre heures pour vous transformer en corbeau ?

MERLIN — Qui ça, moi ?

ARTHUR — Oui…

MERLIN — Non mais moi, je sais pas me transformer en corbeau.

ARTHUR — Bon, déjà, on sera pas à notre avantage là-dessus…

MERLIN — Ça c'est rien. Là où on sera vraiment pas à notre avantage, c'est quand ils lanceront les séances de verbe !

ARTHUR — Les séances de verbe ?

MERLIN — Voyez-vous, soi-disant que le corbeau, c'est un animal qui a vachement le sens de l'humour.

ARTHUR — Ah bon ?

MERLIN — Pour moi, c'est un piaf comme un autre mais il faut reconnaître qu'il fait des farces, il emmerde les autres oiseaux, il vole de travers en faisant croire qu'il est blessé…

ARTHUR — Mais quel rapport avec la fête de demain ?

MERLIN — Eh ben voilà. Tous ces cons d'anciens Druides ont rien trouvé de mieux que d'organiser des séances où on doit se pointer au milieu de tout le monde et improviser des blagues. Ça rappelle le corbeau, voyez ?

ARTHUR — Il faut improviser des blagues ?

MERLIN — Exactement. C'est pas con, ça ?

ARTHUR — Mais vous êtes fort, à ça, vous ?

MERLIN — Nul.

ARTHUR — Nul ?

MERLIN — Zéro. Une vraie bille. Je vous plombe l'ambiance en trente secondes.

ARTHUR — C'est pour ça que vous voulez pas y aller !

MERLIN — C'est surtout pour ça. Et en plus, il y a pas d'alcool.

4. INT. LABORATOIRE DE MERLIN – JOUR

MERLIN fait une démonstration de ses capacités d'improvisation à ARTHUR.

MERLIN — … alors, le Chevalier fait au Romain : « Hé, vous vous prenez pour le Colisée ? »

ARTHUR reste une seconde sans voix.

ARTHUR — La vache, c'est nul !

MERLIN — Qu'est-ce que je vous disais ?

ARTHUR — Non mais d'accord, vous me dites : « Je suis nul »… Mais là, c'est… Non mais c'est affligeant, il y a rien ! Essayez-en une autre.

MERLIN — Ah non, ça va bien, maintenant.

ARTHUR — Allez-y, on s'en fout, on n'est que nous, là !

MERLIN — Mais pourquoi faire, de toute façon, j'y foutrais pas les pieds !

ARTHUR — Mais on verra bien ! Allez-y !

MERLIN — Bon... Alors, c'est un Viking...

ARTHUR — Pourquoi un Viking ?

MERLIN — J'en sais rien, moi, j'improvise !

ARTHUR — Ah parce que, à ce stade, vous savez pas encore ce qui va lui arriver, au Viking ?

MERLIN — Non, ça vient au fur et à mesure !

ARTHUR — Bon, continuez.

MERLIN — Donc, c'est un Viking, il rencontre un ami gaulois dans un port. Le Gaulois, il lui fait : « Hé, toi avec ton casque à cornes ! Présente-moi ta femme, tu sauras pourquoi t'as des cornes ! »

ARTHUR — Mais c'est pitoyable... Pourquoi c'est un Gaulois ?

MERLIN — Ben, je m'en suis pas servi, du Gaulois. Ça aurait pu être autre chose, la blague est drôle quand même.

FERMETURE

5. INT. LABORATOIRE DE MERLIN – JOUR

MERLIN fait de nouvelles tentatives.

MERLIN — À ce moment-là, la Fée arrive près de la rivière, elle se regarde dans l'eau et elle dit : « Reflet, beau reflet, dis-moi qui est la plus belle... » Alors la rivière répond : « Si tu le demandes, c'est que t'as pas fini de t'en vanter ! »

ARTHUR *(après une seconde de réflexion)* — Sans déconner, il faut pas y aller, demain !

MERLIN — Bah, il me semble, oui.

ARTHUR — Vous me promettez que vous y foutez pas les pieds, hein !

MERLIN — Juré.

NOIR

MERLIN *(OVER)* — En plus, il y a pas d'alcool.

8
Les Volontaires II

A. ASTIER

3 CORS

1. EXT. FORÊT – JOUR

LANCELOT s'adresse à PERCEVAL et KARADOC.

LANCELOT — Donc, je vous retire la surveillance du stock de nourriture, puisque vous tapez dedans.

PERCEVAL — C'est Karadoc !

KARADOC — C'est même pas vrai !

PERCEVAL — Qu'est-ce qu'on va faire pendant que vous partez combattre, maintenant ?

LANCELOT — Ben, rien. Vous vous asseyez sur une souche et vous attendez qu'on revienne.

OUVERTURE

2. INT. LABORATOIRE DE MERLIN – JOUR

PERCEVAL et KARADOC sont venus voir MERLIN.

PERCEVAL — Là, vraiment, il y en a marre !

KARADOC — Ras la visière !

MERLIN — Qu'est-ce que vous voulez que j'y fasse, moi ?

PERCEVAL — On veut prouver à notre Roi qu'on est capables de faire autre chose que de surveiller un stock de bouffe !

KARADOC — Et que c'est pas parce qu'on pique un quignon de pain une fois de temps en temps qu'on est des débiles !

PERCEVAL — On est des Chevaliers, on a le droit d'aller se battre avec les autres !

MERLIN — Mais moi, je suis désolé, je comprends ! Parce que foutre la merde dans un stock de bouffe, c'est une chose, mais sur un champ de bataille !

PERCEVAL — Mais qu'ils viennent pas nous dire qu'on fout la merde sur les champs de bataille !

KARADOC — On y fout jamais les pieds !

PERCEVAL — Ça va bien, maintenant !

KARADOC — Merde !

MERLIN — Ho ! Rappelez-moi pourquoi vous venez gueuler chez moi, au fait ?

PERCEVAL — Parce qu'on voudrait que vous nous bricoliez quelque chose pour qu'on impressionne.

KARADOC — Qu'ils se disent qu'ils ont affaire à des…

MERLIN — À des quoi ?

PERCEVAL — À des pièces maîtresses ! Ce qu'il faut, c'est que dans pas longtemps, on dise : « Perceval et Karadoc sont pas là ? On annule la bataille, on n'a aucune chance. »

3. EXT. FORÊT – JOUR

Arthur et Lancelot reçoivent Perceval et Karadoc sous la tente de commandement.

Arthur — Soit ils se sont scindés en deux groupes et là on est pas assez…

Lancelot — … soit ils sont restés groupés et on a nos chances.

Karadoc — Combien ils sont, exactement ?

Lancelot *(étonné)* — Qu'est-ce que ça peut vous faire ?

Karadoc — Pour évaluer…

Perceval — Qu'on ait un petit peu une vue d'ensemble…

Arthur — Il vous faut une vue d'ensemble, maintenant, pour surveiller les chevaux ?

Perceval — Sire, il faut être un peu sérieux, là.

Karadoc — Aujourd'hui, vous avez besoin de nous !

Lancelot — Pourquoi aujourd'hui plus que d'habitude ?

Perceval — Vous risquez d'être en sous-nombre, vous venez de le dire !

Lancelot — Mais d'habitude, quand on est en sous-nombre, vous gardez quand même les chevaux !

Arthur — Qu'est-ce qui vous prend, aujourd'hui ? Ça va, ouais ?

Karadoc — Sire, écoutez, on s'est préparés !

Perceval — Aujourd'hui, on pourrait être la clé de voûte de votre régiment.

Lancelot — La clé de voûte ?

PERCEVAL — Ça veut pas dire ça ?

LANCELOT — Ben… si.

ARTHUR — On vous a déjà expliqué cinquante fois qu'une bataille, ça demande un minimum de discipline et de coordination !

LANCELOT — On pense que vous êtes pas encore mûrs…

KARADOC — Non mais pour la coordination, je veux bien. D'autant que je sais pas ce que ça veut dire.

PERCEVAL — Mais par contre, aujourd'hui, il y a du changement.

KARADOC — Tous les enfoirés d'en face, on se les prend à deux, si vous voulez !

PERCEVAL — Aujourd'hui, c'est spécial.

ARTHUR — Vous êtes devenus suicidaires en plus d'être cons ?

PERCEVAL *(à Karadoc)* — Envoyez.

KARADOC gonfle la poitrine : une impressionnante Boule de Feu sort de son buste et part vers l'intérieur du campement. Au loin, les chevaux hennissent de frayeur.

ARTHUR — Les chevaux !

KARADOC — Merde !

LANCELOT — Vous avez foutu le feu au corral !

Tous les hommes du camp crient au feu. ARTHUR et LANCELOT courent vers les flammes. PERCEVAL et KARADOC restent seuls.

4. INT. LABORATOIRE DE MERLIN – JOUR

PERCEVAL et KARADOC sont revenus voir MERLIN.

KARADOC — Moi, la magie, j'arrête.

PERCEVAL — Vous avez réussi à envoyer une Boule de Feu, c'est déjà pas si mal !

KARADOC — Ouais mais si en plus, il faut faire gaffe où on l'envoie…

MERLIN — Ah, c'est un métier.

PERCEVAL — Moi, je vais prendre un truc, cette fois.

MERLIN — Dites, vous croyez que j'ai que ça à foutre, de faire faire de la magie à deux corniauds ?

PERCEVAL — Vous êtes au service de l'armée de Kaamelott ou pas ?

MERLIN — Parce que vous êtes l'armée de Kaamelott, vous, maintenant ?

PERCEVAL — Exactement ! Et méfiez-vous, parce que dans la hiérarchie, les Chevaliers, c'est avant les Druides !

MERLIN — Non.

PERCEVAL — Comment « non » ?

MERLIN — Les Druides, c'est avant les Chevaliers.

PERCEVAL — Ah bon. Mais si je dis « s'il vous plaît » ?

MERLIN — Qu'est-ce que vous voulez ? Une Boule de Feu, aussi ? Vous compter cramer la moitié du patrimoine forestier du pays ?

KARADOC *(à Perceval)* — La Boule de Feu, je la déconseille : c'est un vrai piège à con.

PERCEVAL — Non mais, donnez-moi un autre truc ! Plus calme. Mais quand même qui impressionne !

MERLIN — Un truc qui fait pousser les cheveux, ça vous ira ?

FERMETURE

5. EXT. FORÊT – JOUR

PERCEVAL est venu voir ARTHUR sous la tente.

PERCEVAL — Ça va, Sire ?

ARTHUR — Qu'est-ce que ça peut vous foutre ?

PERCEVAL — Je crois qu'aujourd'hui, vous allez pouvoir m'utiliser, au combat !

ARTHUR — Ah bon ?

PERCEVAL hèle quelqu'un derrière ARTHUR.

PERCEVAL — Hé machin ! Viens voir !

Un deuxième PERCEVAL approche et vient se joindre à eux.

PERCEVAL II — Salut Sire. Je trouve qu'il fait beau mais encore frais, mais beau.

NOIR

PERCEVAL *(OVER)* — Par contre, il est hyper con. Je sais pas pourquoi.

9
Le Terroriste

A. Astier

3 CORS

1. INT. CHAMBRE DE LÉODAGAN – NUIT

Au lit, Séli somnole tandis que Léodagan parcourt des parchemins. Loin dans le château, un cri résonne.

Fearmac *(off, hurlant)* — Fumieeeeeeers !

Séli *(sortant de son sommeil)* — Qu'est-ce que c'est que ça ?

Léodagan — Un prisonnier qui gueule.

Séli — Qu'est-ce qu'il veut ?

Léodagan — Il dit qu'il est innocent.

Séli — Peut-être que c'est vrai…

Léodagan — Vrai ou pas vrai, quand on a un minimum d'éducation, on n'emmerde pas le monde à une heure du matin pour des problèmes personnels.

OUVERTURE

2. INT. SALLE DE LA TABLE RONDE – JOUR

ARTHUR et LANCELOT reçoivent LÉODAGAN.

ARTHUR *(à Léodagan)* — Comment vous dites qu'il s'appelle, déjà ?

LÉODAGAN — Je sais plus.

LANCELOT — Et ça fait combien de temps qu'il est enfermé ?

LÉODAGAN *(n'en ayant aucune idée)* — Alors là…

ARTHUR — En gros, vous savez rien, quoi !

LANCELOT — Qu'est-ce qu'il y a marqué, sur le registre ?

LÉODAGAN — Rien.

LANCELOT — Comment « rien » ?

LÉODAGAN — Rien, il y a rien de marqué.

ARTHUR — Mais comment ça se fait ?

LÉODAGAN — Parce qu'il y a jamais rien eu de marqué sur le registre. On dit « le registre » histoire de se donner des airs mais personne s'en est jamais occupé, de ce machin.

ARTHUR — Donc, on sait ni qui c'est, ni ce qu'il fout là.

LÉODAGAN — Ben, ça, je vous dirais, c'est bien pareil pour les autres…

LANCELOT — Mais enfin, c'est intolérable !

LÉODAGAN — S'ils y sont, c'est qu'ils l'ont mérité, de toute façon.

LANCELOT *(à Arthur)* — Sire, il faut faire quelque chose !

LÉODAGAN — Ah oui, parce que là, toutes les nuits, il nous emmerde. C'est devenu systématique.

ARTHUR — Qu'est-ce qu'on peut faire ?

LÉODAGAN — Vous je sais pas, mais moi, j'abandonne. J'ai tout essayé : les coups de fouet, lui couper la bouffe, la flotte… pas moyen de lui faire fermer sa gueule.

3. INT. GEÔLES – JOUR

ARTHUR et LANCELOT arrivent près de la cellule de FEARMAC.

ARTHUR *(à Lancelot)* — C'est lequel ?

FEARMAC *(hurlant)* — Fumieeeers !

LANCELOT — C'est celui-là.

ARTHUR *(à Fearmac)* — Comment vous appelez-vous ?

FEARMAC — Allez vous faire mettre.

LANCELOT — Surveillez votre langage ! Vous êtes en présence du Roi Arthur !

FEARMAC — Et qu'est-ce que vous allez faire ? Me foutre au cachot ?

LANCELOT — Nous sommes ici pour vous écouter ! Vous devriez en profiter !

ARTHUR — Vous voulez vraiment pas nous dire votre nom ?

FEARMAC — Fearmac.

LANCELOT — Depuis combien de temps êtes-vous détenu ?

FEARMAC — Vingt-deux ans.

ARTHUR *(surpris)* — Vingt-deux ans ?

FEARMAC — Ouais enfin, ça fera vingt-deux ans au mois de mai. Vous allez pas chipoter ?

LANCELOT — Et quel est le motif de votre incarcération ?

FEARMAC — Terrorisme et détention d'insectes.

LANCELOT — Détention d'insectes ?

FEARMAC — À l'époque, j'avais des poux, j'ai pris trois jours de cachot.

LANCELOT — Et vingt-et-un ans pour terrorisme ?

FEARMAC — Non, quatre ans. Ça faisait une peine de quatre ans et trois jours.

LANCELOT — Mais… et les dix-huit ans de plus ?

FEARMAC — Vous avez oublié de me libérer.

ARTHUR — Et vous avez jamais rien dit ?

FEARMAC — Bah au début, non… Mais là, merde ! Dix-huit ans, je trouve que c'est exagéré.

LANCELOT — Ne vous inquiétez pas, on va vous faire sortir.

ARTHUR — Attendez, attendez… *(à Fearmac)* Cette histoire de terrorisme, là… Expliquez-nous un peu ce qui s'est passé.

FEARMAC — Vous n'avez qu'à consulter le registre !

ARTHUR et LANCELOT se lancent un regard gêné.

LANCELOT — Non mais ça, on peut pas.

ARTHUR — Non, parce que dans le registre, c'est pas assez…

LANCELOT — Enfin, on voudrait votre version pour comparer.

ARTHUR — Voilà.

4. INT. GEÔLES – JOUR

FEARMAC explique son ancien méfait.

FEARMAC — À l'époque, nous, ce qu'on voulait, c'était la peau de ce fumier de Pendragon.

LANCELOT — Pendragon était le père du Roi !

FEARMAC — Pardon, excusez-moi.

ARTHUR — Non non, mais j'en ai rien à carrer, je l'ai jamais connu.

FEARMAC — Ah bon. Eh ben c'était une vraie petite salope, j'aime autant vous le dire !

LANCELOT — Un peu de tenue !

ARTHUR *(à Lancelot)* — Je l'ai jamais connu mais de ce que j'en sais, c'est pas totalement faux…

FEARMAC — À l'époque — je vous parle de ça, ce château, il existait pas encore, j'ai fait quatorze ans à Tintagel avant d'être transféré ici — Pendragon parlait de pactiser avec les Romains ! Vous vous rendez compte du fumier ?

LANCELOT — Mais il l'a pas fait, finalement.

FEARMAC — Ah non ?

LANCELOT — Non.

ARTHUR — Moi, je l'ai fait, par contre.

FEARMAC — Ah… Et alors, comment ça s'est passé ?

ARTHUR — Bah bien. On a des écoles, des routes, la mortalité infantile a baissé de moitié, les aqueducs…

FEARMAC — Ah… c'était plutôt une bonne chose, alors…

LANCELOT — Sans l'ombre d'un doute.

FEARMAC — Ah bon. Bah moi, à l'époque, je pouvais pas les blairer, les Romains. J'ai fait cramer trois auberges et deux postes frontière.

ARTHUR — Ah ouais, quand même… Mais si on vous libère, qui me dit que vous allez pas recommencer ?

LANCELOT — …vu qu'on a pactisé avec les Romains ?

FEARMAC — Ah non mais moi, je pense que je vais recommencer…

FERMETURE

5. INT. GEÔLES – JOUR

ARTHUR et LÉODAGAN s'apprêtent à quitter FEARMAC.

LANCELOT *(à Fearmac)* — Vous êtes sûr, hein ? Pas de regret ?

FEARMAC — Je vous dirais bien que je vais me tenir à carreaux, mais je me connais, je vais tomber sur un Romain, je vais faire cramer une grange.

ARTHUR — Bon ben… on vous laisse là, alors.

FEARMAC — Oui, c'est aussi bien. En plus, depuis le temps, j'ai mes potes… *(se retournant)* Hein, Titi ?

Dans la cellule voisine, un détenu pète.

FEARMAC — Voilà.

LANCELOT — On vous fait confiance, vous arrêtez de réveiller tout le monde en pleine nuit ?

FEARMAC — Non mais, je suis un peu sur les nerfs, en ce moment, excusez-moi !

NOIR

FEARMAC *(OVER)* — Je dors mal à cause de ma gangrène qui me bouffe le pied…

10
La Chambre

A. ASTIER

3 CORS

1. INT. CHAMBRE DE LÉODAGAN – SOIR

KARADOC est au lit. LÉODAGAN entre.

LÉODAGAN — Qu'est-ce que vous foutez là, vous ?

KARADOC — Bah, et vous ?

LÉODAGAN — Non mais… *(désignant sa tête)* vous surchauffez pas un peu du citron, non ? Vous voulez que je vous dégage la nuque à la serpette ?

KARADOC — Mais pourquoi vous m'agressez ?

LÉODAGAN — Pour la dernière fois : qu'est-ce que vous foutez là ?

KARADOC — Écoutez, s'il y a que ça, je peux vous faire une petite place !

OUVERTURE

2. INT. SALLE DE BAIN – JOUR

ARTHUR est dans son bain. On frappe à la porte.

ARTHUR *(agacé)* — Qu'est-ce que c'est ?

KARADOC *(OFF)* — C'est Karadoc, Sire ! Il paraît que vous voulez me voir !

ARTHUR — Ah bah oui, je veux vous voir mais pas forcément à la minute, voyez ?

KARADOC *(OFF)* — Qu'est-ce que je fais ? J'entre ?

ARTHUR — À votre avis ?

Après une seconde, KARADOC entre, suivi de MEVANWI.

ARTHUR — Mais vous êtes barré, non ? *(apercevant Mevanwi)* Et accompagné, en plus !

KARADOC *(regardant Mevanwi)* — Je suis pas accompagné, c'est ma femme…

ARTHUR — Ah, vous manquez pas de souffle !

KARADOC — Vous vouliez me voir ?

MEVANWI — Je parie que c'est à propos de cette méprise stupide…

KARADOC — C'est Léodagan, c'est ça ?

ARTHUR — Bah oui ! Qu'est-ce qui s'est passé, au juste ? Parce qu'à moi, il me reproche de vous avoir donné sa chambre.

KARADOC — Mais… vous m'avez donné sa chambre ?

ARTHUR — Mais non !

MEVANWI *(désignant Karadoc)* — Il a confondu notre chambre avec celle du Seigneur Léodagan…

KARADOC — Je me suis gouré… Parce que c'est les mêmes à un étage près.

MEVANWI — En même temps, c'est vrai qu'avec les enfants en bas âge, une chambre un peu plus spacieuse nous aurait facilité la vie…

ARTHUR — Oui non mais ça, moi, après je sais pas… Je crois que celle au-dessus de vous, c'est l'ancienne de Dagonet, elle est un peu plus grande. Vous n'avez qu'à y aller !

MEVANWI — Merci mille fois, Sire.

ARTHUR — Je vous en prie. Vous pouvez vous barrer, maintenant ?

3. INT. SALLE DE BAIN – JOUR

LÉODAGAN est entré dans la salle de bain accompagné SÉLI tandis qu'ARTHUR est dans la baignoire.

LÉODAGAN — Non mais qu'est-ce que c'est que ce style ? Vous bradez ma piaule sur les marchés, maintenant ?

ARTHUR — Vous avez pas l'impression que je suis dans une baignoire ?

SÉLI — Si vous voulez nous remiser au fond de la grange ou dans la cabane à outils, surtout n'hésitez pas !

LÉODAGAN — Que vous ayez besoin de ma carrée pour accueillir du gratin, encore… Mais pour y installer l'autre glandu !

ARTHUR — Mais quel autre glandu ? Karadoc ?

SÉLI — Celui-là même !

ARTHUR — Mais je croyais que c'était réglé, cette histoire !

LÉODAGAN — Ah bah c'est réglé, je confirme ! À l'heure qu'il est, il range ses slibards dans ma commode !

SÉLI — Quand on rentre chez soi, ça fait plaisir !

ARTHUR — Mais je lui ai dit de prendre la chambre de Dagonet !

SÉLI — Il a une chambre, Dagonet ?

ARTHUR — Juste au-dessus de la chambre de Karadoc, c'est l'ancienne chambre de Dagonet.

LÉODAGAN — Ah non. Au-dessus de la chambre de Karadoc, c'est pas l'ancienne chambre de Dagonet, c'est ma chambre à moi de maintenant.

ARTHUR — Quoi ?

SÉLI — Dagonet, il a couché là deux fois et vous l'aviez collé dans le bouclard en chantier à côté des geôles.

ARTHUR — Est-ce que vous savez que j'ai de menues responsabilités au sein du gouvernement qui me tiennent relativement éloigné des problèmes de répartition des piaules ?

SÉLI — Si vous avez pas le temps, pourquoi est-ce que vous filez notre chambre à Karadoc ?

ARTHUR — Je file votre chambre à personne. J'en ai rien à carrer, de votre chambre. Je me lave, là.

LÉODAGAN — Alors, je vais voir l'autre con et lui explique que c'est une erreur !

ARTHUR — Je m'en tape.

SÉLI — Vous confirmez ?

ARTHUR — Je confirme que je m'en tape.

4. INT. SALLE DE BAIN – JOUR

LÉODAGAN, SÉLI, KARADOC et MEVANWI sont venus rendre visite à ARTHUR, toujours dans son bain.

KARADOC — On était en train de s'installer et boum ! Votre beau-père qui débaroule en disant des gros mots !

MEVANWI — Même qu'il gueulait tellement qu'il a fait peur aux enfants !

LÉODAGAN — J'ai pas gueulé ! Je leur ai gentiment signifié qu'on était pas chez les romanos et qu'il fallait qu'ils décarrent vite fait dans leur canfouine avant de prendre ma main dans la tronche.

SÉLI — J'étais là et je peux vous dire que je l'ai connu moins courtois.

MEVANWI — Il m'a traitée de mocheté !

LÉODAGAN — C'est possible, je me souviens pas de tout.

KARADOC — Alors là, j'ai vu rouge ! J'ai préféré partir, sans ça, il y allait avoir un carnage !

LÉODAGAN — Ah ouais, je confirme.

KARADOC — « Mocheté », en plus. Quand on voit le morceau qu'il se trimbale !

LÉODAGAN — Quoi ?

SÉLI — Vous vous prenez peut-être pour une statue grecque ?

LÉODAGAN *(à Arthur)* — Écoutez, vous leur filez ma piaule, vous leur filez pas… de toute façon, lui, il va en prendre une !

ARTHUR — Vous êtes pas de Carmélide, vous ?

LÉODAGAN — Ben évidemment que si.

ARTHUR — Et vous, Seigneur Karadoc, vous venez bien de Vannes ?

KARADOC — Bah oui !

ARTHUR — Donc, à moins que je me trompe, vous avez respectivement une piaule en Carmélide et une piaule à Vannes ?

LÉODAGAN — Jusque-là…

KARADOC — Et alors ?

ARTHUR *(criant)* — Et alors, vous me libérez les locaux avant ce soir ! Je veux les turnes impeccables, les draps en tas dans le couloir et les clés sur la porte ! Vous retournez crécher dans vos pays de débiles et vous vous tirez de ma salle de bain !

FERMETURE

5. INT. SALLE DE BAIN – JOUR

SÉLI et MEVANWI sont revenues s'expliquer avec ARTHUR dans le calme.

SÉLI — Non mais il faut les comprendre, ils sont à cran…

MEVANWI — Cette histoire de chambre, c'est un petit peu le déclencheur de la goutte d'eau…

SÉLI — Donc, on garde chacun sa chambre comme avant, mais je débloque une alcôve supplémentaire pour les petits de Madame…

MEVANWI — Du coup, ça nous fait double espace. C'est un peu plus clair pour organiser le coucher des mômes.

SÉLI — Et puis, j'ai fait mettre un petit cadenas avec une clé personnelle aux portes des chambres…

MEVANWI — Ça évitera les confusions.

NOIR

ARTHUR *(OVER)* — Tant que vous y êtes, vous en ferez mettre un à la porte de la salle de bains.

11
Le Message Codé

A. Astier

3 CORS

1. INT. CUISINES – NUIT

Arthur dicte un message à Karadoc. Tous deux sont en tenue de nuit dans la cuisine déserte.

Arthur *(prononçant intelligiblement)* — « Il faut affranchir nos compagnons. » Vous vous souviendrez ?

Karadoc — Ben… je crois, oui…

Arthur — C'est pas super compliqué ! *(de nouveau)* « Il faut affranchir nos compagnons. »

Karadoc — Bon. Il faut que je parte demain, c'est ça ?

Arthur — Non, vous partez immédiatement !

Karadoc — Tout de suite, là ?

Arthur — Souvenez-vous que la survie de Kaamelott est entre vos mains et que je n'ai a priori aucune confiance en vous.

OUVERTURE

2. INT. TAVERNE – JOUR

Karadoc et Perceval prennent un verre au bar. Karadoc est perturbé.

Perceval — Mais qu'est-ce qu'il dit, ce message ?

Karadoc — Je peux pas vous le dire, c'est un message secret !

le Tavernier — C'est pas un message secret ! Vous avez dit : « C'est un message codé. »

Karadoc — Bah, s'il est codé, il est bien secret !

le Tavernier — Ah bah non ! S'il est codé, vous pouvez monter le gueuler sur le toit de la taverne, normalement personne comprend !

Karadoc — Non mais c'est quand même une phrase qui veut dire quelque chose !

Perceval — Allez-y, dites-la nous. On vous dira si c'est secret.

Karadoc — « Il faut franchir les compagnons. »

Perceval — « Il faut franchir les compagnons » ?

le Tavernier — Ça, ça doit être du code. Ça veut rien dire.

Karadoc — C'est bien ce que je vous dis : c'est un message codé.

Perceval — Mais il vous a pas dit ce que ça voulait dire en vrai ?

Karadoc — Bah non, il me semble pas…

le Tavernier — Ça veut dire que vous devez l'apporter à quelqu'un qui sait ce que ça veut dire !

Karadoc — En tout cas, j'espère que je vais pas foutre la merde parce que ça avait l'air drôlement important.

PERCEVAL — Ça va, c'est pas compliqué ! Vous voulez que je le fasse, moi ?

KARADOC — Vous feriez ça ?

PERCEVAL — Mais ouais ! À la cinquième clairière ?

KARADOC — Partez tout de suite parce que moi, j'avais déjà promis que je partais cette nuit mais je me suis pas réveillé.

3. EXT. FORÊT – JOUR

PERCEVAL est venu transmettre le message à LANCELOT. Il mange un morceau pour se remettre de son voyage.

PERCEVAL — Je suis désolé, hein ! Je voulais arriver plus tôt mais je me suis paumé.

LANCELOT — Maintenant que vous êtes là et quand vous aurez plus faim, vous me direz peut-être ce qui vous amène ?

PERCEVAL — Vous croyez que je suis venu pour vous emmerder, pas vrai ?

LANCELOT — On sait jamais, vous pouvez me surprendre…

PERCEVAL — Eh bah vous me direz si ça vous surprend : j'ai un message codé de la part du Roi.

LANCELOT n'a aucune réaction.

PERCEVAL — Ça vous coupe le sifflet, ça, hein ?

LANCELOT — Ce qui me coupe le sifflet, c'est que le Roi vous ait choisi pour transmettre un message…

PERCEVAL — Non mais c'était Karadoc au début mais j'ai pris le relais.

LANCELOT — Il a choisi Karadoc ?

PERCEVAL — Je crois qu'hier soir, ils ont bouffé une courge pourrie, au château. Sauf Arthur parce qu'il aime pas ça et Karadoc parce qu'il avait senti qu'elle était pourrie. Il avait pas le choix… Il m'aurait sûrement pris moi mais j'étais en affaires.

LANCELOT — Vous savez que vous détenez probablement l'ordre martial le plus conséquent de toute l'histoire de l'Île de Bretagne ?

PERCEVAL — Qu'est-ce que ça veut dire « conséquent » ?

LANCELOT — Je vous écoute.

PERCEVAL — Vous êtes prêt à décoder ?

LANCELOT — Bien sûr.

PERCEVAL — En tout cas, chapeau pour le code ! Moi, je me suis creusé le système pendant tout le trajet pour trouver une clé : pas moyen !

LANCELOT — Vous me donnez le message ?

PERCEVAL — Ce code-là, vous pouvez le garder jusqu'à la fin du monde, personne viendra vous le pirater !

LANCELOT — On garde jamais un code longtemps.

PERCEVAL — Après, vous faites votre velouté comme vous voulez…

LANCELOT — Perceval ?

PERCEVAL — Quoi ?

LANCELOT — Je suis extrêmement nerveux. Donnez-moi le message ou je vous frappe sans retenue.

PERCEVAL — Prêt ?

LANCELOT — Prêt.

PERCEVAL — « Il faut rafraîchir les maquignons. »

4. EXT. FORÊT – JOUR

Lancelot tente de trouver un sens au message codé de Perceval.

Perceval — Vous avez pas l'air dans votre assiette…

Lancelot — Bah, c'est-à-dire que votre message…

Perceval — Quoi, je me suis planté ? C'est pas du code ?

Lancelot — Ben… en l'occurrence, si, ça peut en être… Mais c'est un peu tiré par les cheveux…

Perceval — Allez-y, expliquez-moi le code, je vais vous aider à déchiffrer !

Lancelot — J'ai pas le droit de vous donner le code.

Perceval — C'est pas tous les Chevaliers qui y ont droit ?

Lancelot — Les Chefs de Guerre, seulement.

Perceval — Mais… je suis pas Chef de Guerre, moi ?

Lancelot — Non.

Perceval — Mais si.

Lancelot — Je vous jure que non.

Perceval — Comment vous le savez ?

Lancelot — Vous connaissez pas le code.

Perceval — Bah et vous, je m'excuse mais vous avez pas tellement l'air de le connaître non plus ! Je donne un message et vous pédalez dans la semoule !

Lancelot — C'est-à-dire que, d'après le message, je suis censé abattre un arbre sur deux dans la forêt — mais là, il y a une faute — ou mettre à mort le porteur du message.

Perceval — Vous êtes sûr qu'il y a une faute ?

FERMETURE

5. INT. LABORATOIRE DE MERLIN – JOUR

ARTHUR est venu chercher des potions médicinales chez MERLIN.

MERLIN — Et celle-là, vous badigeonnez le corps pendant six jours, ça fait baisser la tension.

ARTHUR — D'accord.

MERLIN — Non, attendez… Elle se badigeonne pas, celle-là… Elle s'avale.

ARTHUR — Vous êtes sûr ?

MERLIN — Je sais plus. Faites les deux, vous verrez bien.

ARTHUR *(rendant la fiole)* — C'est bon, je vais me démerder.

MERLIN — Au fait, je sais plus qui c'est qui m'a dit de vous dire : « Il faut que vous fassiez blanchir des champignons. »

ARTHUR est perplexe.

NOIR

MERLIN *(OVER)* — Ça vous dit rien ?

12
La Délégation Maure

A. Astier

3 CORS

1. EXT. FORÊT – JOUR

Lancelot rejoint Arthur.

Lancelot — Je reviens du campement maure. Ils acceptent une entrevue diplomatique. Ça a pas été facile.

Arthur — Bon, ils arrivent ?

Lancelot — Non, ils veulent que vous les invitiez à votre table.

Arthur — La Table Ronde ?

Lancelot — Non, la table de la salle à manger. Ils disent qu'on fait bien la bouffe et, tant qu'à discuter, autant joindre l'utile à l'agréable.

OUVERTURE

2. INT. SALLE À MANGER – JOUR

Arthur et Perceval attendent, attablés.

Arthur — Vous vous tenez bien, hein ! C'est pas le moment de faire le con !

PERCEVAL — Qu'est-ce qu'il faut que je dise ?

ARTHUR — Rien. Vous la fermez, c'est encore ce qu'il y a de mieux.

PERCEVAL — Donc les mecs, il sont maures, c'est ça ?

ARTHUR *(soupçonnant une méprise de Perceval)* — Heu… ouais…

PERCEVAL — C'est pas ça, que vous m'avez dit ?

ARTHUR — Si. Mais je suis pas sûr que vous ayez pas compris de travers, en fait.

PERCEVAL — Bah… quand même, vous me prenez pour un con ?

ARTHUR ne répond pas.

PERCEVAL — Vous me dites, ce midi, on mange avec des Maures…

ARTHUR — Oui. Et qu'est-ce que c'est des Maures, pour vous ?

PERCEVAL — Bah, c'est pas des mecs qui viennent du Sahara, par là-bas ?

ARTHUR *(très surpris)* — Ah, si. Si, si.

PERCEVAL — Ouais mais je le savais, ça.

ARTHUR — Non, non mais très bien. Parfait.

PERCEVAL — Alors par contre, il va y avoir un problème.

ARTHUR — Quoi donc ?

PERCEVAL — Ben, les Maures, je crois qu'ils sont assez raides sur tout ce qui est politesse. Voyez ?

ARTHUR — Et alors ? Vous comptez les envoyer chier ?

PERCEVAL — Non mais chez eux, quand on bouffe, il faut roter après le repas. C'est la coutume. Si on rote pas, il paraît qu'ils le prennent hyper mal.

ARTHUR — Oui, c'est vrai, mais on va bien se démerder pour roter, quand même.

PERCEVAL — Ah non, moi, je sais pas roter. Lâcher des caisses, tant que vous voulez mais, j'ai jamais roté de ma vie.

ARTHUR prend peur.

3. INT. SALLE À MANGER – JOUR

ARTHUR et PERCEVAL déjeunent avec deux Maures, le Chef de Guerre et son fils.

LE CHEF MAURE — Vous savez, Sire Arthur, avec moi, les décisions, elles se prennent tout de suite.

ARTHUR — Ça tombe bien, c'est pour ça que je vous fais venir à ma table.

LE CHEF MAURE — Ça, c'est très bien. Là, au moins, on n'a pas l'impression d'être considérés comme des gros paysans.

LE JEUNE MAURE — Ouais, parce qu'il y a trois jours, pas de nouvelles de vous, pas de message, que dalle…

PERCEVAL *(rigolard)* — Vous avez failli prendre le « Maure » aux dents !

Les Maures ne comprennent pas. ARTHUR, consterné, lance un regard sévère à PERCEVAL.

LE JEUNE MAURE — De quoi ?

LE CHEF MAURE — Qu'est-ce qu'il dit ?

ARTHUR — Non, non, c'est rien.

PERCEVAL — Vous savez pas ce que c'est, un mors ?

Les Maures se regardent.

PERCEVAL — C'est pour les chevaux.

ARTHUR *(discrètement, à Perceval)* — Faut arrêter, là.

LE CHEF MAURE — Comment ça, pour les chevaux… ?

ARTHUR — Alors, moi, ce que je vous propose, c'est qu'on se concentre sur la libre circulation des bateaux marchands sur les eaux territoriales…

LE JEUNE MAURE *(s'apprêtant à se lever)* — Si votre Ministre se moque de nous, c'est pas la peine d'essayer de trouver une solution diplomatique.

LE CHEF MAURE — Chez nous, le respect, c'est capital. Je suis pas venu là pour me faire traiter de cheval.

ARTHUR — Non mais, il vous a pas traité de cheval… et puis c'est pas mon Ministre, en plus.

LE JEUNE MAURE — C'est qui, alors ?

ARTHUR — C'est rien, c'est un connard… S'il vous plaît, asseyez-vous tranquillement, je suis sûr qu'on va arriver à un accord.

PERCEVAL — Mais…

ARTHUR *(le coupant)* — Non, non. C'est moi qui parle, là.

Les Maures se calment et reprennent leur repas.

PERCEVAL — C'est vrai ce qu'on dit. Vous êtes vraiment à cheval sur la politesse !

LE JEUNE MAURE — À cheval ?

LE CHEF MAURE — Qu'est-ce qu'il a avec son cheval, celui-là ! C'est une déclaration de guerre, que vous voulez ?

ARTHUR — Non, non mais c'est de l'humour.

LE CHEF MAURE — Mais personne rit…

ARTHUR — Parce que c'est mal dosé…

PERCEVAL — Il faut une dose de cheval.

Perceval ramasse une claque impressionnante d'Arthur.

4. INT. SALLE À MANGER – JOUR

Le repas s'achève.

Arthur — Je suis content qu'on ait pu finir par s'entendre.

le Chef Maure — Attention Sire Arthur. Vous, vous êtes un homme de parole. Mais c'est pas le cas de tous vos hommes.

le Jeune Maure — Votre accord, il est tout à fait honnête.

le Chef Maure — Mais si quelqu'un de chez vous s'avise de nous manquer de respect, on annule tout et ça se réglera en croisant le fer.

Arthur *(se penchant discrètement vers Perceval)* — Si vous dites « fer à cheval », je vous mets six mois aux travaux forcés.

Perceval — Mais j'ai rien dit…

le Jeune Maure — En tout cas, bravo pour ce repas, Sire Arthur.

le Chef Maure — Ça, il faut reconnaître que pour la gamelle, vous êtes pas les derniers.

Il rote franchement, suivi de son fils. Arthur, s'aidant un peu de quelques tapes sur la poitrine, arrive à roter, de façon plus modeste que les Maures. Les regards se tournent vers Perceval, qui reste coi. Arthur lance un regard menaçant à Perceval. Les Maures commencent à froncer les sourcils, le sentiment d'offense leur apparaissant chaque seconde plus clairement.

Perceval *(à Arthur, bas)* — Attendez, je vous ai prévenu…

Arthur commence à tapoter le dos de Perceval, sans succès…

Perceval — Je dois pas être foutu pareil que les autres.

le Chef Maure — Qu'est-ce qui se passe, là ?

Arthur s'approche du jeune Maure, comme pour lui faire une confidence.

Arthur *(bas)* — S'il lâche une caisse, ça le fait ou pas ?

FERMETURE

5. INT. COULOIRS – NUIT

Arthur, à moitié endormi, ouvre la porte de sa chambre. Perceval est là, en tenue de nuit, portant un chandelier et une petite fiole.

Arthur — Perceval ? Qu'est-ce qui se passe, une catastrophe ?

Perceval — Attendez, regardez ce que j'arrive à faire…

Il boit à la fiole et s'apprête à roter. Rien ne vient.

Perceval — Attendez. *(il réessaye)* Merde, je l'ai perdu.

Il boit de nouveau.

Perceval — Je suis dégoûté, ça marchait !

Arthur ferme sa porte.

NOIR

Perceval rote.

Perceval *(over)* — Ah, ça y est ! Sire !

13
L'Enlèvement De Guenièvre

L. ASTIER

3 CORS

1. INT. SALLE DU TRÔNE - NUIT

Kaamelott est endormie. ARTHUR et LANCELOT se tiennent au milieu de la salle du Trône, en tenue de nuit. LANCELOT tient un parchemin duquel pend une cordelette.

LANCELOT — Ça m'embêterait de vous avoir fait lever pour rien, Sire…

ARTHUR — Ah bah, moi aussi, je vous confirme. Alors, qu'est-ce qu'il dit, votre message ?

LANCELOT — Les guetteurs auraient vu trois guerriers pictes passer la frontière Nord.

ARTHUR — Trois guerriers pictes ? Bah, on devrait pouvoir gérer, comme invasion, non ?

LANCELOT — Non mais ils envahissaient pas, ils rentraient chez eux.

ARTHUR — Ah putain si, en fait, vous m'avez fait lever pour rien.

OUVERTURE

2. INT. SALLE DU TRÔNE – NUIT

Lancelot expose à Arthur la suite du message.

Lancelot — C'est affreux, Sire. D'après les guetteurs, les Pictes ont emmené la Reine Guenièvre contre son gré.

Arthur — La Reine enlevée ? Ils picolent pas un peu, vos guetteurs ?

Lancelot — Vous avez dormi avec la Reine, cette nuit ?

Arthur — Bah, oui…

Lancelot — Donc, vous l'avez vue dans le lit à côté de vous ?

Arthur — Ben il me semble, je fais pas gaffe à tout.

Lancelot — Mais quand je suis venu vous réveiller, vous lui avez pas parlé ?

Arthur — Mais pourquoi faire ? Non…

Lancelot — Mais elle était dans le lit, ou pas ?

Arthur — Mais zut ! J'en sais rien ! Je suis pas sans arrêt le nez dessus ! De toute façon, pourquoi voulez-vous qu'on enlève la Reine ?

Lancelot — Contre une rançon !

Arthur — Ah putain, les fumiers Mais du coup, c'est terrible, il y a plus un rond dans les caisses !

Lancelot — De ce côté-là, vous pourrez demander une participation au Seigneur Léodagan !

Arthur — Léodagan, il les lâche pas comme ça.

Lancelot — Non mais là, c'est sa fille.

Arthur — De toute façon, on est même pas sûrs qu'elle a été enlevée…

Lancelot — Allons vérifier dans votre chambre.

ARTHUR — Non mais quand elle est là, elle colle ses pieds gelés contre les miens dans le lit, j'ai horreur de ça. Là, j'étais peinard, je dormais bien, à tous les coups, elle y était pas.

3. INT. SALLE DU TRÔNE – JOUR

ARTHUR est assis sur son trône, entouré de LÉODAGAN et LANCELOT.

LÉODAGAN — La vache… Vous aviez pas besoin de ça.

ARTHUR — Ah bah, ça va ! J'avais peur que la nouvelle vous chamboule, beau-père.

LÉODAGAN — C'est sûr, ça fait quelque chose… C'est quand même ma fille… Mais vous, pardon, *(frottant le pouce et l'index pour signifier l'argent)* vous allez le sentir passer.

ARTHUR — Moi, j'avais pensé que comme justement c'était votre fille, on aurait pu le sentir passer à deux.

LÉODAGAN — Ah bah, vous avez le sens de la famille !

ARTHUR — Ben je trouve, oui ! Avec votre fille sur le trône et votre fils à la Table Ronde, question famille, je me suis pas trop foutu de votre gueule !

LÉODAGAN — C'est l'alliance, ça…

ARTHUR — Justement. L'alliance, j'aimerais qu'elle marche dans les deux sens, et aussi pour les emmerdements.

LÉODAGAN — Bon bah, allez-y, annoncez la couleur. Mais attention, je suis Roi de Carmélide, moi ! Me prenez pas pour une superpuissance !

LANCELOT — C'est un accord de principe que le Roi vous demande. Le montant de la rançon n'est pas encore fixé.

LÉODAGAN — Pas encore fixé ? Ah, attention, hein ! Moi, je les connais bien, les Pictes ! Ma femme est picte, c'est vous dire ! Question pognon, c'est pas des timides.

ARTHUR — Ça vous est déjà arrivé, ce genre de fourbi ?

LÉODAGAN — Comme vous dites, et pas qu'un peu. Ma femme…

LANCELOT — Dame Séli a été enlevée ?

LÉODAGAN — C'est moi qui l'avais enlevée. J'étais que Prince encore, je démarrais. Dix mille pièces d'or, j'en voulais. Ils m'en ont filé vingt.

ARTHUR — Vingt pièces d'or ?

LÉODAGAN — Vingt mille. À condition que je la garde.

ARTHUR — Ah bah, c'est à creuser. À moins qu'on l'ait enlevée par…

LÉODAGAN — Par vengeance ?

ARTHUR — Ça, encore… Non, par un qui s'en ressentirait pour la reine…

LANCELOT — Par amour ?

ARTHUR — Ouais, voilà.

LÉODAGAN — Je serais vous, j'éviterais les fausses joies.

4. INT. SALLE DE LA TABLE RONDE – JOUR

ARTHUR et LÉODAGAN ont convoqué SÉLI.

ARTHUR — On se disait que comme vous êtes picte vous-même…

SÉLI — … je m'occupe de la tractation comme ça on me fait une ristourne.

ARTHUR — Mais pas du tout ! C'est juste pour simplifier les négociations.

LÉODAGAN — On comprend pas le picte, nous.

SÉLI — Ah ben, vous non, c'est sûr. En trente ans, vous avez pas été foutu d'apprendre à dire « merci ».

LÉODAGAN — Qu'est-ce que vous voulez que ça me foute ? Je dis déjà pas « merci » dans ma langue, je risque pas de l'apprendre en picte !

SÉLI — Bon, donnez-moi une somme de base, je vais voir ce que je peux faire.

ARTHUR — Quoi, comme somme de base ?

SÉLI — Je ne sais pas. Disons trente mille pièces d'or pour commencer.

ARTHUR — Trente mille pièces d'or !

LÉODAGAN — Pour commencer !

SÉLI — Ah, dites, c'est moi qui les connais, les Pictes, ou c'est vous ?

Les hommes parlent entre eux.

ARTHUR — Beau-père, on fait cinquante-cinquante ?

LÉODAGAN — Et si on allait la chercher nous-même avec douze catapultes ? On leur crame tout, à ces cons !

SÉLI *(soudain)* — Vous ne toucherez pas à un cheveu des Pictes !

ARTHUR — Non et puis, si on se prend une dérouillée, il faudra casquer deux fois. Non, on allonge le pognon et c'est marre.

LÉODAGAN soupire.

LÉODAGAN — Décidément, les Pictes, ça a jamais été mon fort !

FERMETURE

5. INT. TAVERNE – SOIR

Séli et Guenièvre, encapuchonnées, sont assises à une table. Séli fait discrètement passer une bourse remplie de pièces à sa fille.

Séli — Voilà votre part, ma fille. Demain soir, vous réapparaissez et tout le monde est content.

Guenièvre — Je sais pas si c'est bien moral.

Séli — Votre père m'a enlevée à l'âge de vingt ans contre vingt mille pièces d'or dont j'ai jamais vu la couleur. Alors, venez pas me parler de morale.

Guenièvre — Qu'est-ce que je vais dire à Arthur, moi ? Et à papa ?

Séli — À Arthur, qu'on vous a enlevée par amour…

NOIR

Séli *(over)* — … et à votre père, que le pognon, faut que ça circule.

14
Les Classes De Bohort

A. Astier

3 CORS

1. INT. SALLE DE LA TABLE RONDE – JOUR

Arthur reçoit Bohort.

Arthur — Ce que je n'arrive pas à comprendre, c'est pourquoi vous êtes parti !

Bohort — Mais cet affreux soldat barbare m'a menacé de mort !

Arthur — Mais forcément, c'est un ennemi, Bohort !

Bohort — Mais ennemi ou pas ennemi, je refuse d'être menacé ! Imaginez que ça s'envenime et qu'on en vienne aux mains !

OUVERTURE

2. INT. COULOIRS – JOUR

Arthur, pressé, croise Bohort dans le couloir.

Arthur — Qu'est-ce que vous faites là, Bohort ?

Bohort — Je... rien...

ARTHUR — Comment « rien » ? Vous êtes au courant que les Burgondes sont en train d'essayer de forcer la grande porte ?

BOHORT — C'est ce que j'ai cru comprendre…

ARTHUR — Et donc… ?

BOHORT — Eh bien, dès que j'ai su — vous pensez —, *(désignant une porte)* j'ai tout de suite décidé de venir sécuriser cet accès !

ARTHUR — Vous savez ce qu'il y a, derrière cette porte ?

BOHORT *(après avoir jeté un œil à la porte)* — Il faut bien que j'en choisisse une, je peux pas être partout !

ARTHUR — Bohort, vous savez que je m'efforce de ne pas me fâcher, là ? Voilà une heure que vos camarades sont aux créneaux et repoussent l'ennemi pendant que vous sécurisez l'accès au stock de couvertures !

BOHORT — Le stock de couvertures ?

ARTHUR — Oui, le stock de couvertures.

BOHORT — Je suis désolé mais ça me semble capital ! Imaginez qu'on subisse un siège qui nous mène jusqu'à l'hiver prochain ! On sera bien contents de les trouver, les couvertures !

ARTHUR — Bohort, je ne comprends pas comment vous arrivez à ne pas rougir de votre pathétique couardise.

BOHORT — Mais Sire…

ARTHUR — Si on arrive à repousser les Burgondes et qu'on est encore en vie demain, je vous colle entre les pattes de mon maître d'armes !

BOHORT — Pour quoi faire ?

ARTHUR — Pour faire en sorte que je n'aie pas systématiquement honte de vous à chaque fois que vous vous conduisez comme une pintade !

3. INT. SALLE D'ARMES – JOUR

BOHORT et LE MAÎTRE D'ARMES sont face-à-face, armes dégainées.

BOHORT — Mais… vous n'allez pas me taper ?

LE MAÎTRE D'ARMES — Allez, en garde, espèce de petite couille molle !

BOHORT *(outré)* — Comment ?

LE MAÎTRE D'ARMES — Montrez-moi un peu ce que vous avez dans le froc, ma mignonne !

BOHORT — Mais enfin, le Roi Arthur m'avait juste parlé de…

LE MAÎTRE D'ARMES charge BOHORT en hurlant !

LE MAÎTRE D'ARMES — Ha, ha !

BOHORT pare le coup de justesse.

BOHORT — Mais vous êtes complètement fou ! Vous avez failli m'ouvrir le crâne !

LE MAÎTRE D'ARMES — Et figurez-vous que ça m'aurait pas déplu ! À moins que la vue de la cervelle à vif vous fasse tomber dans les pommes ?

BOHORT — Vous êtes un grand malade mental.

LE MAÎTRE D'ARMES *(soudain détaché)* — C'est votre insulte, ça ?

BOHORT — Comment ?

LE MAÎTRE D'ARMES — Malade mental, c'est votre maximum, comme insulte ? Parce qu'il va falloir passer le cran au-dessus, là, quand même. Sinon, on y est encore demain. Allez !

BOHORT — Mais allez quoi ?

LE MAÎTRE D'ARMES — Une petite série d'insultes pour se mettre en train et hop ! Vous attaquez !

BOHORT — Mais il est hors de question que je vous insulte !

LE MAÎTRE D'ARMES — Allez-y, c'est pour stimuler, je vous dis !

BOHORT — Il n'en est pas question.

LE MAÎTRE D'ARMES — Allez, bon sang ! Remuez-vous le fion, espèce de grosse dinde !

BOHORT — C'est un scandale !

LE MAÎTRE D'ARMES *(réellement énervé)* — Seigneur Bohort, je commence à en avoir plein le dos de votre comportement de péteux ! Vous allez me faire le plaisir de me balancer une bonne insulte et de vous foutre en rogne une bonne fois pour toutes !

BOHORT *(hurlant, soudain en rage)* — Mécréant !

Il charge LE MAÎTRE D'ARMES qui se trouve surpris par la violence de l'attaque.

4. EXT. FORÊT – JOUR

ARTHUR, LANCELOT et LÉODAGAN, à la tête d'un petit groupe de soldats, s'inquiètent de leur situation.

LÉODAGAN — C'est pas pour faire le rabat-joie mais il me semble quand même qu'on n'est pas à la fête !

LANCELOT — Ils sont deux ou trois fois plus nombreux que nous.

ARTHUR — Deux ? ou trois fois ?

LANCELOT — Au moins deux mais peut-être trois…

ARTHUR — Ah merci, bravo la précision !

LANCELOT — Qu'est-ce que vous voulez que je vous dise, moi ? Je vous fais part du rapport des éclaireurs !

ARTHUR *(en colère)* — Je trouve extrêmement maladroit de votre part de le prendre sur ce ton ! Je vous rappelle que ces éclaireurs sont sous votre commandement et que ce sont eux qui nous ont menés tout droit dans ce piège à rat !

LANCELOT — J'en ai jamais voulu, moi, du commandement des éclaireurs ! C'est vous qui me l'avez donné d'office !

ARTHUR — Mais je vous emmerde, mon petit pote ! Jusqu'à preuve du contraire, vous commandez ce que je vous dis de commander et vous la fermez bien comme il faut !

LÉODAGAN — C'est pas en se bouffant le nez qu'on va se sortir de là !

ARTHUR *(à Lancelot)* — Alors qu'est-ce qu'on fait, maintenant ? À même pas dix contre quarante ?

LANCELOT — Je commande les éclaireurs, moi. Pas cette équipe de débiles…

ARTHUR — Seigneur Lancelot, vous commencez à doucement me casser les noix !

LÉODAGAN — Bon, on tente une retraite ?

ARTHUR — Bah évidemment ! On va pas attaquer ! On va se faire couper en tranches !

LANCELOT — Allez, repli ! Repli ! Repli !

Les hommes commencent à reculer. Au même moment, BOHORT les dépasse, épée brandie, la rage peinte sur son visage.

BOHORT *(hurlant)* — Mécréants !

FERMETURE

Arthur et Guenièvre sont au lit.

Guenièvre — Il est encore à l'infirmerie, Seigneur Bohort ?

Arthur — Oui mais il faut que je fasse venir Merlin, là, parce qu'il en a vraiment pris plein sa gueule.

Guenièvre — Le pauvre… Il a dû avoir une peur terrible !

Arthur — Peur ? Vous rigolez ? J'ai mis deux gardes devant l'infirmerie, sinon, il se tire et il y retourne !

NOIR

Au loin, à l'infirmerie, Bohort hurle sa rage.

Bohort *(over)* — Mécréant !

15
Le Monde d'Arthur

A. ASTIER

3 CORS

1. INT. CHAMBRE D'ARTHUR – SOIR

ARTHUR et GUENIÈVRE sont au lit. ARTHUR boit une tisane, les yeux dans le vague, tandis que sa femme parcourt un parchemin.

GUENIÈVRE — Il y a quelque chose qui va pas ?

ARTHUR — Mmh.

GUENIÈVRE — Quoi, ça veut dire quoi, ça ? Oui ou non ?

ARTHUR — Ouais, ouais…

GUENIÈVRE — « Ouais, ouais… » ?

ARTHUR — Mmh.

GUENIÈVRE renonce. ARTHUR chante, le visage plongé dans sa coupe de tisane, en faisant des bulles. GUENIÈVRE s'extirpe à nouveau de sa lecture pour observer son mari.

OUVERTURE

2. INT. LABORATOIRE DE MERLIN – JOUR

ARTHUR détache rêveusement la mie d'un gros morceau de pain tandis que MERLIN s'adresse à lui fiévreusement.

MERLIN — Avec vos conneries de nouvelles religions, il y a plus un pécore sur la carte qui respecte la prière de la nouvelle lune ! Alors j'ai l'air de quoi, moi, après ?

ARTHUR *(absent)* — C'est sûr…

MERLIN — Ça fait je sais pas combien de siècles qu'on leur explique que s'ils prient pas, ils vont se ramasser une pluie de pierres sur la gueule et là, d'un coup, on leur dit que c'est ringard ! Vous voyez pas que vous cassez la baraque ?

ARTHUR — Moi, je casse rien, je m'en fous, moi…

MERLIN — Vous vous en foutez ?

ARTHUR — Oui, je m'en fous. Ça m'embête pour vous parce que vous passez pour un connard mais…

MERLIN — Ah parce que je passe pour un connard ?

ARTHUR — C'est pas ça que vous venez de dire ?

MERLIN — J'ai pas dit « connard » !

ARTHUR — Bon bah… que vous passez pour ce que vous voulez, mais sinon, moi…

MERLIN — Ah bah bravo.

ARTHUR regarde son pain en souriant.

MERLIN — Et on peut savoir si vous… *(remarquant le sourire du Roi)* Sire, pourquoi vous vous marrez ?

ARTHUR — Regardez mon pain… Maintenant que j'ai enlevé la mie…

ARTHUR anime une sorte de bouche formée par son morceau de pain et lui prête sa voix.

LE MORCEAU DE PAIN — Arthur… Le Saint Graal tu t'en iras quérir ! Wa-ha-ha-ha !

MERLIN regarde ARTHUR, abasourdi.

3. INT. SALLE À MANGER – JOUR

ARTHUR dîne seul. ANGHARAD vient débarrasser un plat. Elle s'arrête et regarde la table, devant ARTHUR.

ARTHUR — Qu'est-ce qu'il y a ?

ANGHARAD — Non, c'est amusant, la façon dont vous avez entortillé votre mie de pain, on dirait un bonhomme.

ARTHUR regarde son pain puis ANGHARAD, sans mot dire. ANGHARAD comprend qu'elle doit quitter la pièce et s'exécute. Une fois seul, ARTHUR examine sa mie de pain et commence à lui donner vie. Il imite d'abord le son du galop puis fabrique à la hâte un deuxième personnage avec une croûte de fromage. Il prête sa voix à ses créatures.

LA CROÛTE DE FROMAGE — Sire ! Nous voici enfin à la grotte !

LA MIE DE PAIN — Pied à terre, fidèle Lancelot ! Le Graal est à portée de main !

LA CROÛTE DE FROMAGE — Derrière vous, Sire ! Le Chevalier Noir !

ARTHUR saisit une pomme de terre. Il chantonne une musique épique.

LA PATATE — Ha ha ! Ta dernière heure a sonné, Arthur !

LA MIE DE PAIN — Arrière, scélérat ! Ou tu tâteras de ma lame !

LA CROÛTE DE FROMAGE — Sire ! Utilisez Excalibur, votre fameuse épée magique !

Il imite le son de l'épée et le combat tout entier, avec la musique.

LA MIE DE PAIN — Vil félon ! Où as-tu dissimulé le Graal Sacré ?

LA PATATE — Dans ton cul !

LA CROÛTE DE FROMAGE — Tu paieras pour cet affront !

La croûte de fromage terrasse la patate.

LA CROÛTE DE FROMAGE — Victoire Sire !

LA MIE DE PAIN — Enfin, le Graal !

La mie de pain s'approche d'une coupe de vin sur la table.

LA CROÛTE DE FROMAGE — Houlà, mais il est hyper gros !

LA MIE DE PAIN — Attention ! Je le voyais pas comme ça !

LA CROÛTE DE FROMAGE — Sire, écoutez ! Les villageois vous acclament comme des villageois !

ARTHUR se saisit d'une poignée de haricots.

4. INT. SALLE À MANGER – JOUR

ARTHUR a construit sur la table de véritables fortifications, des armées, des véhicules… Il utilise la flamme des bougies et de la peau de mandarine pour figurer les sorts des magiciens représentés par des feuilles d'endives.

LA FEUILLE D'ENDIVE — Boule de Feu ! Boule de Feu !

Le sort est lancé.

LES HARICOTS — Au secours ! Au secours ! L'Ogre des collines ! Nous sommes perdus !

ARTHUR sort de dessous la table un personnage géant qu'il a fabriqué en saucisson.

LE SAUCISSON — Que faites-vous sur les terres sacrées ? Périssez, êtres inférieurs !

LA MIE DE PAIN — Catapultes ! Catapultes !

ARTHUR se lève et disparaît.

LA MIE DE PAIN *(OFF)* — Tirez !

Des noix arrivent en direction de l'Ogre. ARTHUR imite le bruit de la chute des pierres.

LES CHOUX-FLEURS — Impossible de le toucher, Sire Arthur !

LA MIE DE PAIN — Mais comment cela est-il possible ?

LES CHOUX-FLEURS — Parce qu'on vise comme des gros fions !

ANGHARAD arrive et fixe la table. Un silence se fait. ARTHUR vient se rasseoir. Son visage ne trahit aucune gêne.

ARTHUR — Vous pouvez débarrasser.

FERMETURE

5. INT. CHAMBRE D'ARTHUR – SOIR

ARTHUR est au lit, seul. Sans jouets, il prononce pour lui-même quelques répliques de ses personnages.

ARTHUR — « Attention, Sire, derrière vous ! Le Chevalier Noir crie vengeance ! Vite, dégainez Excalibur, votre épée légendaire ! »

ARTHUR imite le bruit d'Excalibur mais ne semble pas satisfait. Il essaie à nouveau, et encore, avec un autre son. Il tente de se rappeler le bruit de son épée, sans succès. Puis, il attrape la véritable Excalibur au pied de son lit. Il la dégaine, imite le bruit, la rengaine, la dégaine à nouveau, imite le bruit, etc.

NOIR

ARTHUR continue ses essais d'imitation.

16
Les Tuteurs

A. Astier

3 CORS

1. INT. CHAMBRE DE LÉODAGAN – SOIR

Léodagan et Séli sont au lit.

Séli — Ça fait plusieurs jours que je vois pas notre fils… Vous avez une idée de ce qu'il fout ?

Léodagan — Il est en de bonnes mains ! J'ai convaincu notre bon Roi de le confier à des caïds ! À des durs à cuire !

Séli — Comment ça, de le confier ?

Léodagan — Parfaitement ! Lui et l'autre tapette de Gauvain : allez hop ! Chez les horribles ! Quand ils reviendront, ce sera des hommes !

Séli — Vous les avez confiés à des magiciens ?

2. INT. SALLE DE LA TABLE RONDE – JOUR

Arthur reçoit Lancelot, Yvain et Gauvain.

Lancelot — C'est pas que ça s'est mal passé, Sire…

Arthur — Ça s'est bien passé ?

Lancelot — Ah non.

ARTHUR — Mais qu'est-ce que vous avez fait ? Racontez-moi !

LANCELOT — Bon, j'avais peut-être mis la barre un peu haute… Je m'étais fixé de leur faire combattre un Troll.

ARTHUR — Un Troll ? Non mais attendez, Yvain il a peur des guêpes, déjà…

YVAIN — C'est même pas vrai !

GAUVAIN — Mon oncle, le Seigneur Lancelot a délibérément mis nos vies en danger !

YVAIN *(montrant une petite tache blanche sur son vêtement)* — Regardez, quand il a ouvert le ventre du Troll, j'ai reçu un jet d'acide qui m'a pratiquement acidifié !

LANCELOT — Je devais faire de vous de fiers combattants ! J'ai jamais dit que je vous emmenais en pique-nique !

ARTHUR — Bon, il y a eu une expérience malheureuse mais ça veut pas forcément dire qu'il faut abandonner !

GAUVAIN — Moi, je ne repartirai pas avec ce dangereux personnage !

YVAIN — Moi, je m'en fous, si on me force à repartir, je retiens ma respiration jusqu'à ce qu'on arrête de me forcer à repartir.

3. INT. SALLE DE LA TABLE RONDE – JOUR

ARTHUR, toujours avec GAUVAIN et YVAIN, reçoit VENEC. PÈRE BLAISE est présent.

VENEC *(désignant les deux jeunes Chevaliers)* — Attendez, c'est pas possible, des boulets pareils ! J'ai jamais vu ça de ma vie !

PÈRE BLAISE — Vous êtes resté combien de temps en mer, avec eux ?

VENEC — Rester en mer ? Mais vous déconnez ? À peine sortis du port, il faut rentrer parce qu'ils arrêtent pas de gerber !

GAUVAIN — Mon oncle, vous ne nous aviez jamais parlé de partir naviguer !

YVAIN — Rien que d'y repenser, ça me soulève le cœur.

GAUVAIN — Et tous ces individus sur le navire, qui ne cherchaient qu'à nous subtiliser nos effets personnels !

YVAIN — Et moi, je me suis fait dérober de la nourriture tout le long du voyage ! Une véritable dérobade !

VENEC — Ouais, non mais c'est sûr… Les mecs sur le bateau, c'est pas des Templiers, on est d'accord… Mais justement, *(désignant Yvain et Gauvain)* je m'étais dit que ce serait pas mal de les frotter à des vrais caïds, un peu. Déjà, pour que si, un jour, ils finissent en cabane, qu'ils sachent se démerder.

ARTHUR — Je vous ai pas demandé d'en faire des bandits, non plus !

VENEC — Des bandits… Non, des gars futés ! Enfin là, moi, j'arrête… Quand j'arrive dans un port marchand avec eux, je passe pour le Roi des cons. Je peux pas me le permettre.

ARTHUR *(regardant Yvain et Gauvain)* — Mais qu'est-ce que je vais faire de vous ?

PÈRE BLAISE — Peut-être qu'ils sont pas faits pour être Chevaliers !

ARTHUR — Qu'est-ce que vous voulez qu'ils soient d'autre ? Ils sont de sang royal… *(désignant Gauvain)* Celui-là par moi *(désignant Yvain)* et celui-là par alliance.

PÈRE BLAISE — Vous pourriez essayer la spiritualité… En faire des défenseurs du Culte.

ARTHUR — Et qu'est-ce que j'en foutrais ? Je vous ai déjà vous, c'est bon, je fais pas collection !

VENEC — S'ils sont de sang royal, le coup pour se faire un gros paquet de blé, ce serait de les vendre.

4. INT. SALLE DE LA TABLE RONDE - JOUR

ARTHUR reçoit BOHORT, YVAIN et GAUVAIN.

BOHORT — Je peux vous dire que j'ai noté chez ces garçons une grande aptitude à communiquer avec autrui, ce qui est extrêmement rare, de nos jours, surtout chez les jeunes.

GAUVAIN — Nous avons rencontré des villageois, mon oncle ! C'était très enrichissant !

YVAIN — Il y en a un, il faisait un petit spectacle avec ses gencives et une baguette ; il imitait les animaux de la nature !

BOHORT — Ensuite, nous sommes allés faire quelques emplettes…

GAUVAIN — J'ai acheté une magnifique paire de bottes mon oncle. Et comme il me manquait quelques piécettes, le Seigneur Bohort a tenu à participer.

BOHORT — Ho, ça lui faisait tellement plaisir…

YVAIN — Et moi, j'ai sympathisé avec un crémier qui m'a expliqué les tenants et les aboutissants de sa profession avec beaucoup de simplicité.

GAUVAIN — Seigneur Bohort, peut-on se retirer afin d'aller prendre notre goûter ?

BOHORT — Allez-y, mes brigands !

Les jeunes Chevaliers s'en vont. Arthur est anéanti.

FERMETURE

5. INT. CHAMBRE DE LÉODAGAN – SOIR

Léodagan et Séli sont au lit.

SÉLI — Vous l'avez récupéré, notre môme, ou on fait une croix dessus ?

LÉODAGAN — Demain. Lui et Gauvain. Notre bon Roi m'a dit : « Vous allez être surpris. » J'ai hâte de voir ça…

SÉLI — En tout cas, vous avez l'air optimiste !

LÉODAGAN — Des bêtes sauvages, que je vais récupérer. Des machines à tuer. Peut-être même qu'il faut que je mette une armure ; ils sont capables de pas me reconnaître et d'essayer de me buter.

NOIR

LÉODAGAN — Tiens, allez ! À peine je les récupère, je les emmène à la chasse au loup.

17
Les Jumelles Du Pêcheur

A. Astier

3 CORS

1. INT. CHAMBRE DE DEMETRA – SOIR

Arthur et Demetra sont au lit.

Demetra — Est-ce que je suis votre maîtresse préférée ?

Arthur *(sans décrocher de sa lecture)* — C'est une vraie question ou c'est juste pour que je vous dise « oui, oui » ?

Demetra — Qu'est-ce que ça change ?

Arthur — Si c'est pour que je vous dise « oui, oui », je vous dis « oui, oui », sinon il faut que je réfléchisse deux minutes parce que des maîtresses, j'en ai quand même deux ou trois…

OUVERTURE

2. EXT. ARBRE MILLÉNAIRE – JOUR

Arthur est assis sous l'arbre. Il songe. Léodagan arrive.

Léodagan — Ah vous êtes là !

ARTHUR — Pourquoi, qu'est-ce qui se passe ?

LÉODAGAN — Je me demandais où vous étiez.

ARTHUR — Qu'est-ce que ça peut vous foutre ?

LÉODAGAN — C'est ma fille qui nous bassine depuis ce matin : « Tiens, je sais pas où est mon mari… » Alors je viens voir un peu. De toute façon, j'ai rien à glander.

ARTHUR — Vous savez que je viens ici pour être peinard ?

LÉODAGAN — À propos de filles… Hier, je fais ma tournée d'inspection sur la côte — histoire de vérifier les tourelles —, devinez sur qui je tombe !

ARTHUR — Je sais pas.

LÉODAGAN — Vos deux maîtresses, là — je sais plus comment elles s'appellent —, les jumelles…

ARTHUR *(comprenant)* — Ah ouais ? Les jumelles du pêcheur ?

LÉODAGAN — Voilà. Elles viennent vous voir ce soir.

ARTHUR — Ah, très bien !

LÉODAGAN — Enfin, je sais pas si les deux sont vos maîtresses… Je sais qu'il y en a une que vous préférez mais j'arrive pas à les distinguer.

ARTHUR — Non, il y en a pas que je préfère…

LÉODAGAN — Bah, vous êtes toujours avec la même !

ARTHUR — Qu'est-ce que vous en savez si vous arrivez pas à les distinguer ?

LÉODAGAN *(confondu)* — Ben… je sais pas…

3. INT. CHAMBRE D'ARTHUR – NUIT

ARTHUR dort dans les bras de TUMET. Les deux sœurs sont éveillées.

AZILIZ — Comment ça se fait qu'il dort de ce côté ?

TUMET — J'en sais rien…

AZILIZ — Comme par hasard…

TUMET — Bah évidemment « comme par hasard ! » Il sait pas nous reconnaître !

AZILIZ — Alors comment ça se fait qu'il dort toujours de ce côté ?

TUMET *(embarrassée)* Il dort pas toujours de ce côté…

AZILIZ secoue ARTHUR qui se réveille en sursaut.

ARTHUR — Ho ! Qu'est-ce qui se passe ?

AZILIZ — Comment ça se fait que vous dormez là ?

ARTHUR — Bah… Qu'est-ce que vous voulez que je fasse d'autre ?

TUMET — Doucement, il est fatigué.

AZILIZ *(à Arthur)* — Vous êtes toujours collé dans les bras de ma sœur !

ARTHUR — Mais… je suis pas plus dans les bras de votre sœur que dans les vôtres !

AZILIZ — Ah si !

ARTHUR — Je crois pas, non…

TUMET — Franchement, j'ai pas l'impression.

AZILIZ — Moi, je suis sûre.

TUMET — C'est pas possible, il sait pas nous reconnaître !

ARTHUR — Ah si.

AZILIZ — Quoi ?

ARTHUR — Si, je suis désolé, je sais vous reconnaître.

AZILIZ — Ah !

TUMET — Ça m'étonnerait…

ARTHUR *(désignant Aziliz)* — Aziliz… *(désignant Tumet)* Tumet.

AZILIZ — Et voilà !

TUMET — C'est un coup de bol !

ARTHUR — Mais non, zut ! Je sais vous reconnaître !

AZILIZ — C'est ce que je dis ! C'est intentionnel !

ARTHUR — Oh, intentionnel… C'est inconscient, surtout.

TUMET *(à sa sœur)* — Évidemment que c'est inconscient ! On est pareilles !

ARTHUR — Ah non. Vous êtes pas pareilles !

Cette phrase glace le sang des deux jumelles. ARTHUR ressent la tension.

ARTHUR — Heu… On a le droit de le dire à des jumelles, ça ?

4. INT. CHAMBRE D'ARTHUR – NUIT

Les sœurs se font du souci. Le ton est considérablement monté.

ARTHUR — Je suis désolé, je maintiens ce que j'ai dit : *(signifiant la tendresse)* Tumet, elle est un peu plus…

AZILIZ — Un peu plus quoi ?

ARTHUR — Je sais pas ! C'est plus le côté…

TUMET *(dépitée)* — N'importe quoi.

ARTHUR — Ah écoutez, moi, je dis plus rien !

AZILIZ — Et pour le reste ?

ARTHUR — Quel reste ?

AZILIZ — Le reste. C'est ma sœur que vous préférez, aussi ?

ARTHUR — Mais je préfère personne ! Ça marche pas comme ça !

TUMET — Vous voulez pas le dire…

ARTHUR — Eh ben, pour le reste, en revanche, *(désignant Aziliz)* ce serait plutôt vous… *(signifiant l'énergie)* Vous, vous êtes un peu plus…

AZILIZ — Un peu plus quoi ?

ARTHUR — Je sais pas ! C'est plus le côté…

TUMET *(dépitée)* N'importe quoi.

AZILIZ — Donc, je suis bonne qu'à ça.

ARTHUR *(à lui-même)* — Sans déconner, vous commencer à me faire chier, là.

AZILIZ — Vous voulez pas répondre !

ARTHUR — De toute façon, pour le reste — comme vous dites —, vous êtes pas spécialement douées ! Enfin, je veux dire, il y pas de quoi… C'est le fait que vous soyez deux qui est un peu… Sinon, une par une, il y a rien de… C'est sympa ! Mais bon. voilà !

ARTHUR a glacé l'atmosphère.

ARTHUR — On n'a pas le droit de le dire, à des jumelles, ça ?

FERMETURE

5. EXT. ARBRE MILLÉNAIRE – JOUR

ARTHUR se recueille au pied de l'arbre. LÉODAGAN arrive.

LÉODAGAN — Ah bah vous êtes là !

ARTHUR *(soupirant)* — Quand je veux être seul, toujours.

LÉODAGAN — J'ai vu partir les jumelles, ce matin. Elles avaient l'air en rogne !

ARTHUR — Je sais bien.

LÉODAGAN — Sérieusement, vous arrivez à les distinguer, vous ?

ARTHUR — Oui.

LÉODAGAN — Je sais pas comment vous faites…

ARTHUR — Si, quand on a un peu l'habitude, *(signifiant la tendresse)* il y en a une qui est plus…

NOIR

ARTHUR *(OVER)* — Tandis que l'autre, bon, elle est plus…

18
Sept Cent Quarante-Quatre

A. Astier

3 CORS

1. INT. TAVERNE – JOUR

Perceval et Karadoc boivent un verre au comptoir. Perceval s'adresse au Tavernier après avoir scruté la salle.

Perceval — C'est bien, il y a un peu de clientèle, ce soir.

le Tavernier — Ben… pas bien plus que d'habitude…

Perceval — Quand même, ils sont onze. J'ai calculé : sur les treize dernières années, dans les deux heures qui précèdent le coucher du soleil, vous avez une moyenne de huit quatre cent vingt-deux.

Le Tavernier lance un regard étonné à Karadoc.

Karadoc — Ah, il est fort, le salaud !

OUVERTURE

2. EXT. CAMPEMENT FORÊT – JOUR

Arthur, Lancelot et Perceval sont autour d'une carte.

Lancelot *(patiemment à Perceval)* — C'est tellement simple, ce qu'on vous demande…

Arthur — Juste… *(désignant un point de la carte)* est-ce que vous pouvez amener vos hommes ici ?

Perceval — Ah mais moi, je veux bien les amener où vous voulez ! Il suffit de me dire où.

Arthur — Qu'est-ce que je suis en train de faire avec mon doigt, là ?

Perceval — Non mais en vrai, pas sur la carte ! Je comprends rien aux cartes.

Lancelot — Ah non mais c'est pas vrai ! Vous le faites exprès !

Arthur — Vous reconnaissez bien la rivière, là, quand même !

Perceval — Où ?

Arthur — Le long machin bleu, là !

Perceval — C'est la rivière, ça ?

Lancelot — Mais qu'est-ce que vous voulez que ce soit ?

Perceval — De toute façon, on est cent douze et les autres d'en face, ils sont sept cent quarante-quatre ! Si vous nous envoyez à la rivière, on va se faire fumer !

Lancelot — Sept cent quarante-quatre ?

Arthur — Les espions ont dit : « Entre cinq et six cents hommes » !

Perceval — Ben, ils sont sept cent quarante-quatre en comptant les treize du commandement.

LANCELOT — Mais qu'est-ce que vous en savez ?

PERCEVAL *(comme évidence)* — Ben, je les ai bien vus, tout à l'heure, du haut de la colline…

ARTHUR et LANCELOT se lancent un regard étonné.

3. INT. SALLE DE LA TABLE RONDE – JOUR

ARTHUR et LANCELOT ont convoqué PERCEVAL, accompagné par KARADOC, afin de mesurer ses talents.

LANCELOT *(à Perceval)* — On vous a préparé un petit test.

ARTHUR — C'est juste pour se rendre compte.

PERCEVAL — Se rendre compte de quoi ?

LANCELOT — Rapport à l'autre fois, quand vous avez compté les ennemis…

ARTHUR — C'est pour voir si vous avez un don ou si vous êtes définitivement un nullos.

PERCEVAL — Un don ?

ARTHUR — Bah oui. Parce que si c'est pas du flan, c'est quand même carrément exceptionnel !

PERCEVAL — C'est exceptionnel de savoir compter ? Vous vous foutez de moi ?

KARADOC *(à Perceval)* — Je vous ai toujours dit : ce que vous faites avec les chiffres, même moi, j'arrive pas à le faire.

KARADOC ne reçoit d'ARTHUR et de LANCELOT qu'un regard inexpressif.

ARTHUR — Bon, bref ! On va essayer de se rendre compte. *(à Lancelot)* Passez-moi le sac.

LANCELOT *(regardant à terre)* — Ah bah… il est plus là !

PERCEVAL — Qu'est-ce que c'est comme sac ?

LANCELOT — Bah, un sac en toile…

ARTHUR — … plein-bourré de petits morceaux de pain sec…

KARADOC — Ah ! Non mais je les ai bouffés, ces trucs.

LANCELOT — Quoi ?

KARADOC — Des petits croûtons tout vieux, genre pour les lapins ? Ouais, je savais pas ce que c'était ; dans le doute, je les ai bouffés.

LANCELOT — Mais c'était pour les faire compter à Perceval, espèce de débile !

KARADOC — À vue de pied, il y en avait une soixantaine…

ARTHUR — Mais on s'en fout de vos estimations, à vous !

LANCELOT — Qu'est-ce qu'on va faire compter, maintenant ? Les pierres du château ?

PERCEVAL — Seize mille cent trente.

LANCELOT — Quoi ?

PERCEVAL — Normalement, ça devrait faire seize mille cent trente-deux mais il manque une pierre à la tour Est et une autre qui s'est barrée sous une échauguette.

LANCELOT *(à Arthur)* — Si c'est vrai, c'est stupéfiant !

ARTHUR — Quand j'ai fait construire le château, ils m'en ont facturé vingt-quatre mille cinq cents, des pierres. Alors si c'est vrai, ça veut dire que je me suis fait enfler de…

PERCEVAL — Huit mille trois cent soixante-dix.

Les regards se tournent vers PERCEVAL.

4. INT. SALLE DE LA TABLE RONDE – JOUR

La réunion se poursuit.

LANCELOT — Bon eh bien, nous ferons part de votre particularité à la prochaine réunion de la Table Ronde. Peut-être que quelqu'un aura une idée pour l'exploiter…

ARTHUR — La prochaine réunion, c'est… ?

LANCELOT — Dans deux jours.

PERCEVAL — Dans deux jours ? Je croyais que c'était après-demain…

LANCELOT — Oui, après-demain dans deux jours.

PERCEVAL — Comment vous voulez dire ?

LANCELOT — Dans deux jours ou après-demain, c'est pareil !

PERCEVAL — Bah ça dépend à partir de quand !

ARTHUR — Comment « à partir de quand » ?

PERCEVAL — Après-demain à partir d'aujourd'hui ?

ARTHUR *(perdant patience)* — Bah oui, pas à partir de demain !

LANCELOT — On vous dit « dans deux jours » ! À partir de quand vous les comptez, vous ?

PERCEVAL — Ben c'est pour ça, je vous demande !

KARADOC — Non mais quand vous dites « après-demain »…

PERCEVAL *(le coupant)* — Ah non mais je le dis jamais, moi.

LANCELOT — Mais qu'est-ce que vous venez nous chanter avec vos après-demain ?

PERCEVAL — De toute façon, les réunions de la Table Ronde, c'est deux fois par mois. Donc, si le mec il dit

« après-demain » à partir de dans deux jours, suivant s'il le dit à la fin du mois, ça reporte !

ARTHUR *(à Lancelot)* — Ouais, non, c'est n'importe quoi.

LANCELOT — Je vous avais dit, il y avait quand même peu de chances !

ARTHUR — Mais du coup, pour les pierres du château, c'est du flan ou pas ?

LANCELOT — À mon avis, non, mais de toute façon, on va pas les compter…

FERMETURE

5. INT. COULOIRS – JOUR

PERCEVAL et KARADOC sortent de la salle de la Table Ronde.

PERCEVAL — Moi, tout ce qui est « dates », je m'embourbe.

KARADOC — Moi, c'est l'inverse. Je sais pas super bien compter mais les dates, c'est mon rayon.

PERCEVAL — Ah ouais ? Putain, je sais pas comment vous faites…

KARADOC — Par exemple : vous prenez aujourd'hui, vous comptez sept jours, ça vous amène dans une semaine, eh ben on sera exactement le même jour qu'aujourd'hui.

PERCEVAL *(admiratif)* — Ah ouais…

NOIR

KARADOC *(OVER)* — À une vache près, hein ! C'est pas une science exacte !

19
L'Absolution

A. Astier

3 CORS

1. INT. SALLE DE LA TABLE RONDE – JOUR

Arthur et Venec compulsent de la paperasse.

Venec — Question torture, c'est quand même vous le moins bien équipé !

Arthur — J'aime pas ça, la torture.

Venec — Prenez au moins une vierge de fer !

Arthur — À quoi ça sert ?

Venec — C'est pour les femmes qui trompent leur mari… On les enferme dedans et ça les perce avec des pointes.

Arthur — Mais elles sont pas punies, ici, les femmes qui trompent.

Venec *(posant sa plume)* — Ah bah oui mais si vous faites n'importe quoi à la justice, on s'en sortira pas, c'est sûr.

OUVERTURE

2. INT. SALLE DE LA TABLE RONDE – JOUR

ARTHUR est seul. Il travaille avec VENEC. LE RÉPURGATEUR entre en trombe.

LE RÉPURGATEUR *(hurlant)* — Au bûcher ! Expie ta faute, Démon !

ARTHUR *(après avoir sursauté)* — Foutez le camp, je travaille !

LE RÉPURGATEUR *(désolé)* — Sire… Qu'est-ce que j'apprends de façon fortuite ?

ARTHUR — Quoi encore ?

LE RÉPURGATEUR — La rumeur colporte que vous ne vous seriez jamais confessé ! Sire, un homme tel que vous, je ne puis imaginer une chose pareille !

ARTHUR — Que je me serais jamais quoi ?

LE RÉPURGATEUR — La confession Sire ! Sans confession, point de salut… point ne sert de partir à point…

ARTHUR — Mais qu'est-ce que c'est, cette histoire ? Ça presse forcément à la minute ?

LE RÉPURGATEUR — Sire, votre âme est noire ! Noire comme la vipère ! Noire comme…

ARTHUR — Bon, c'est bon.

ARTHUR soupire.

ARTHUR *(à Venec)* — Allez, cassez-vous.

VENEC — Bah, et nos histoires ?

LE RÉPURGATEUR — Ne te mets pas en travers du chemin de la rédemption, Satan !

VENEC *(à Arthur)* — Non, sérieux, Sire…

LE RÉPURGATEUR — Au bûcher !

ARTHUR *(à Venec)* — Non, tirez-vous. Quand il est comme ça, il y a rien à faire.

VENEC — Ouais mais là, c'est con parce que…

LE RÉPURGATEUR — Sataniiiiique !

VENEC — Bon, OK.

Il s'en va.

3. INT. SALLE DE LA TABLE RONDE – JOUR

ARTHUR et LE RÉPURGATEUR sont côte à côte. LE RÉPURGATEUR incite le Roi à confesser ses fautes, sans le regarder.

ARTHUR — Bon alors ! Qu'est-ce qu'il faut que je dise ?

LE RÉPURGATEUR — Il faut confesser vos fautes, Sire. Allez, je sais que c'est dur mais lancez-vous.

ARTHUR — « Lancez-vous… » Qu'est-ce que vous m'avez dit que c'était, qui était interdit, déjà ?

LE RÉPURGATEUR — Par exemple : le crime. Avez-vous déjà tué ?

ARTHUR — Bah oui.

LE RÉPURGATEUR — Aïe. Là, Sire, c'est pas joli-joli… Allez, du courage, maintenant que la peau de l'ours est tendue, il faut crever le poisson ! Dans quelles circonstances a eu lieu ce crime ?

ARTHUR — « Quelles circonstances… » Eh ben… Ben, c'était la guerre, quoi !

LE RÉPURGATEUR — Ah… Oui mais attendez, parce que la guerre, c'est spécial. Ça marche pas pareil.

ARTHUR — Moi, après, j'en sais rien. Vous me dites : « Est-ce que vous avez déjà tué ? », je vous réponds.

LE RÉPURGATEUR — Oui mais c'est un cas particulier. Si c'est une guerre pour défendre les valeurs de l'Église, c'est permis.

ARTHUR — Ah bon ?

LE RÉPURGATEUR — Ah oui. Même dans certains cas — quand c'est pour apporter la foi dans les pays où ils marchent pieds nus, là, où ils puent la bouse et ils parlent même pas comme nous —, la barbarie est plutôt encouragée. C'était à quelle occasion ?

ARTHUR — Ben, la dernière fois, c'était une troupe de mecs qui nous avaient bloqué la route.

LE RÉPURGATEUR — Oui mais vous, vous faisiez quoi ?

ARTHUR — Bah, on était sur une piste, pour le Graal…

LE RÉPURGATEUR — Pour le Graal ! Ah non mais ça, c'est parfait ! Là, vous pouvez y aller ! Tous ceux qui se mettent en travers : hop ! Au bûcher ! Tout est permis !

ARTHUR — Mais… Vous êtes sûr ?

LE RÉPURGATEUR — Mais oui ! Là, je vais vous dire, *(désignant le ciel)* vous avez marqué des points, là-haut. Surtout si vous avez fait preuve de cruauté.

4. INT. SALLE DE LA TABLE RONDE – JOUR

LE RÉPURGATEUR demande des précisions à ARTHUR à propos de la bataille.

ARTHUR — Je sais pas quoi vous dire, moi. On les a dérouillés !

LE RÉPURGATEUR *(avec vice)* — Ouais… Vous les avez fait gueuler, un peu ? Hein ?

ARTHUR — Ah bah, ils étaient pas frais, c'est sûr !

LE RÉPURGATEUR — Ouais. Ils ont couiné comme des truies… Ça pissait le sang, non ? Hein ?

ARTHUR — Ben… un peu, forcément…

LE RÉPURGATEUR — Mais bien sûr… Il y en a qui pleuraient, non ? Ils appelaient leur mère ?

ARTHUR — Je sais plus.

LE RÉPURGATEUR — J'aime bien, moi, ça. Entendre « Maman, maman ! » et tac ! Le crâne qui éclate…

ARTHUR — Ouais, enfin, vous savez…

LE RÉPURGATEUR *(nostalgique)* — Non, c'est con, j'aurais dû venir… Mais j'ai pas le temps pour les loisirs, en ce moment, avec toutes les sorcières à cramer.

ARTHUR — Dites, vous en cramez pas trop, quand même ! Je vous ai dit de freiner sur les bûchers…

LE RÉPURGATEUR — Ah oui mais c'est qu'il y en a, de la racaille, sur vos terres, Sire ! Heureusement que je suis là pour assainir, un peu.

ARTHUR — Et vous vous confessez jamais, vous ?

LE RÉPURGATEUR *(agacé)* — Oh mais je vous ai dit : c'est pour l'Église ! Tout ce qui est pour l'Église, on y a droit !

ARTHUR — Même de cramer ?

LE RÉPURGATEUR — Surtout de cramer ! *(avec poésie)* Les feux, c'est ce qui se voit le mieux, vu du ciel.

FERMETURE

5. INT. SALLE DE LA TABLE RONDE – JOUR

ARTHUR a repris ses travaux avec VENEC.

ARTHUR — Est-ce que vous avez déjà tué ?

VENEC — Heu… non.

Arthur — Parce que maintenant, si vous tuez, il faut demander pardon à Dieu.

Venec — Ah… Par contre, j'ai vendu des armes qui ont servi à tuer. Ça compte ?

NOIR

Arthur *(over)* — Heu… Tiens, je sais pas, ça. Il faudrait que je demande.

20
Les Misanthropes

A. ASTIER

3CORS

1. INT. TAVERNE – JOUR

PERCEVAL et KARADOC sont au comptoir.

PERCEVAL *(au Tavernier)* — Qu'est-ce qui se passe, patron ? Vous avez pas l'air dans votre assiette…

LE TAVERNIER — J'avais pas envie de voir du monde, aujourd'hui…

KARADOC *(souriant)* — C'est pour nous que vous dites ça ?

LE TAVERNIER — Ben… vous faites partie du monde, non ?

PERCEVAL et KARADOC se regardent.

OUVERTURE

2. EXT. FORÊT – JOUR

SÉLI est assise sur un rocher. LÉODAGAN arrive.

LÉODAGAN — Vous avez besoin de quelque chose ?

SÉLI — Non, non.

LÉODAGAN — Vous me dites, hein…

SÉLI — Je vous le dis : non.

LÉODAGAN — Non parce que comme ça fait une heure que vous êtes barrée du campement…

SÉLI — Oui bah, c'est bon. On n'est pas obligés d'être les uns sur les autres vingt-quatre heures sur vingt-quatre, non plus.

LÉODAGAN — Non mais moi, je dis ça… Je trouve bizarre mais bon…

SÉLI — Qu'est-ce que vous trouvez bizarre ?

LÉODAGAN — Je sais pas… D'habitude, vous êtes systématiquement sur mon dos pour me reprocher des tas de trucs !

SÉLI — Eh bah justement, profitez-en et tirez-vous !

LÉODAGAN — Ah non mais c'est sûr, maintenant, il faut que je me tire ! Et hier, j'avais pas assez de considération !

SÉLI — Vous en avez pas plus aujourd'hui, je vous rassure ! Il faut quand même être franchement bigleux pour pas voir que j'ai besoin d'être seule deux minutes et qu'il faut pas venir m'emmerder !

LÉODAGAN — J'emmerde personne, je vous demande si vous avez besoin de quelque chose !

SÉLI — Oh mais occupez-vous de vos miches ; pour une fois, c'est moi qui vous le demande !

LÉODAGAN — Bah oui mais là, c'est moi qui veux pas !

SÉLI *(se levant)* — Ah, il y a pas d'équivoque ! Vous êtes décidément un bourrin en toute circonstance !

3. INT. COULOIRS – NUIT

Guenièvre ouvre la porte de sa chambre à Arthur. Lui est en costume de jour et elle, de nuit.

Guenièvre — C'est vous ? Qu'est-ce qui se passe ?

Arthur — Non, c'était simplement pour vous dire que je dormais pas là, ce soir.

Guenièvre — Ah bon. Vous allez chez Demetra ?

Arthur — Non, non.

Guenièvre — Chez les jumelles du pêcheur ?

Arthur — Non plus, non.

Guenièvre *(souriant)* — Chez une que je connais pas ?

Arthur — Non mais je vais chez personne... Simplement, je dors pas là, c'est tout.

Guenièvre — Mais vous dormez où, alors ?

Arthur — Mais j'en sais rien...

Guenièvre — Vous voulez pas me dire ?

Arthur — C'est pas que je veux pas vous dire ! C'est la réalité : je ne sais pas où je vais dormir. Mais on s'en fout de ça, c'est pas un problème, si ?

Guenièvre — Excusez-moi mais c'est tout de même parfaitement curieux !

Arthur — Je vois pas ce qu'il y a de curieux ; j'ai envie de dormi seul, voilà...

Guenièvre — Dormir seul ? Mais... qu'est-ce que je vous ai fait ?

Arthur — Mais rien ! Vous m'avez rien fait ! Est-ce que j'ai dit que vous m'aviez fait quelque chose ?

Guenièvre — Mais enfin, vous n'avez pas dormi seul depuis vos quatorze ans et subitement, ce soir, il vous prend des besoins de solitude ?

Arthur — C'est peut-être justement parce que j'ai pas dormi seul depuis mes quatorze ans que je m'autoriserais bien un petit break !

Guenièvre — Et pourquoi spécialement ce soir ?

Arthur — J'en sais rien ! Ça me vient ce soir, c'est tout ! J'étais juste venu vous prévenir pour pas que vous vous inquiétiez !

Guenièvre — Eh bien c'est raté ! Ça m'inquiète !

Arthur — M'enfin… Tout est un problème !

Guenièvre — Vous êtes la personne la plus compliquée que j'aie jamais rencontrée !

Arthur — Il y a rien de compliqué, bon sang ! J'avais envie d'être seul, là ! Et surtout, j'avais pas envie de parler !

Guenièvre *(surprise)* — Pas envie de parler ?

Arthur — Oui bah là, pour le coup, c'est raté.

4. INT. LABORATOIRE DE MERLIN – JOUR

Perceval et Karadoc sont venus rendre visite à Merlin dans son laboratoire.

Merlin *(las)* — Vous pouvez pas me foutre la paix ?

Karadoc — Ça va, on vous demande pas grand chose !

Merlin — Ouais mais ce serait encore mieux si vous me demandiez rien du tout.

Perceval — Franchement, qu'est-ce que ça vous coûte ?

Merlin — Ça me coûte que j'avais réussi à me prendre une heure ou deux pour moi pour travailler, là, tranquille, sans avoir à discutailler avec tout le château et que ça arrive pas souvent !

Perceval — Quitte à travailler, vous pouvez bien travailler pour nous !

Merlin — Non mais c'est pas la question de travailler ; ce que je voulais c'est être un peu peinard, vous comprenez ? Parce que les moments où je peux être tout seul sans me faire emmerder, je les compte sur les doigts de la main !

Karadoc — Depuis une heure que vous jacassez, ça serait déjà fait !

Merlin — Franchement, une potion qui fait pisser bleu, ça pressait forcément la minute, là ?

Perceval — Non mais on est pas fixés ! Nous, on propose ça... ce qui compte, c'est que ce soit un peu marrant, quoi !

Karadoc *(riant)* — En tout cas, celle de la dernière fois, elle nous a bien fait marrer !

Perceval — Et puis c'est bien pour vous de rigoler, un peu ! C'est pas bon de rester enfermé dans votre cagibi à rien glander de la journée !

FERMETURE

5. INT. COULOIRS – NUIT

Arthur frappe à la porte de sa chambre. Guenièvre ouvre.

Guenièvre — Ah, quand même ! Vous avez fini vos enfantillages ?

ARTHUR — Non, je viens chercher un oreiller parce que je dors par terre à la Table Ronde et je me casse la nuque.

GUENIÈVRE — Vous dormez par terre ?

ARTHUR — Ouais.

GUENIÈVRE — Ça doit être terrible…

ARTHUR — C'est pas marrant, ouais, mais j'ai vraiment pas envie de parler.

NOIR

ARTHUR *(OVER)* — Par exemple, là, on parle, eh ben, non, je confirme, je préfère dormir par terre.

21
La Cassette

A. Astier

3 CORS

1. INT. COULOIRS – NUIT

Léodagan marche discrètement dans le couloir. Il croise Perceval qui s'apprête à entrer dans sa chambre. Tous deux sont en costume de nuit.

Perceval — Tiens, Sire Léodagan ! Vous veniez me voir ?

Léodagan *(embarrassé)* — Non.

Perceval — Ça fait marrant de vous voir là, à cette heure-ci… Ça me fait penser…

Léodagan *(le coupant)* — Vous alliez où, là, avant de tomber sur moi ?

Perceval — Me coucher.

Léodagan — Ouais, bah, faites ce que vous aviez prévu. Vous vous laissez trop disperser, vous. Tenez le cap. « Je vais me coucher ? Je vais me coucher. »

OUVERTURE

2. INT. CUISINES – NUIT

Léodagan arrive, portant d'une main un chandelier et dissimulant de l'autre quelque chose sous sa chemise. Il arrive près de la table, avec le plus de discrétion qu'il peut, regardant alentour avec un air inquiet, et pose son chandelier.

Léodagan *(croyant avoir entendu quelqu'un)* — Il y a quelqu'un ?

Personne ne répond.

Léodagan — S'il y a quelqu'un, il ferait mieux de sortir tout de suite parce que si je le chope par surprise, je lui mets la dérouillée de sa vie !

Silence.

Léodagan — Il y a personne ?

Silence.

Léodagan — Sûr, hein ? Pas de regret ?

Léodagan sort de sous sa chemise un petit coffre qu'il pose devant lui sur la table. Après avoir vérifié une ultime fois que personne ne l'observe, il ouvre le coffre, rempli de bijoux et de pierreries. Il referme le coffre et va lui trouver une cachette dans l'énorme buffet de l'entrée des cuisines. Il retourne vers la table et prend son chandelier. À ce moment, la porte s'ouvre.

Karadoc — Qui c'est qui est là ?

Léodagan pousse un soupir de lassitude.

3. INT. CUISINES – NUIT

Karadoc s'est installé à côté de Léodagan à la table, après s'être préparé un copieux en-cas.

Karadoc — C'est marrant de vous voir ici…

Léodagan — Ah bah c'est sûr… On se marre !

Karadoc — Ça fait bizarre… Déjà, c'est rare que je croise du monde ! Normalement, il y a jamais personne.

Léodagan — Ben, je comptais un peu là-dessus, en fait…

Karadoc — Encore, là, c'est mon break de minuit ; des fois, il y a Bohort qui vient prendre un fruit… *(il rit)* — Il bouffe vraiment de la merde, lui…

Léodagan se force à accompagner le rire de Karadoc.

Léodagan — Donc, si on veut être peinard ici, il faut venir après votre break de minuit, c'est ça ?

Karadoc — Heu… et avant mon break de deux heures.

Léodagan — Ah ouais…

Karadoc — Où alors, entre mon break de deux et mon break de quatre. Après, les loufiats commencent à préparer le petit déj'…

Léodagan — Enfin, s'il leur reste de quoi !

Karadoc — Mais… et vous, vous bouffez pas ?

Léodagan — Ben, c'est-à-dire, je sais pas bien où ça se trouve…

Karadoc — Vous voulez taper dans ma bidoche ?

Léodagan *(avec un haut-le-cœur)* — Heu… non ! Merci, vous êtes bien urbain.

KARADOC — Une petite tranchette de brioche, alors ? Ça passe tout seul !

LÉODAGAN — Bon bah allez…

KARADOC se dirige vers le buffet, à l'endroit où LÉODAGAN a dissimulé sa cassette.

LÉODAGAN — Non, non pas là !

KARADOC — De quoi « pas là » ?

LÉODAGAN — Non. Pas de ce côté.

KARADOC — Vous m'avez pas dit que vous vouliez de la brioche ?

LÉODAGAN — Si mais… si elle est rangée de ce côté, c'est bon.

KARADOC — « De ce côté » ?

LÉODAGAN — Non mais je vais pas prendre de la brioche qui est rangée sur la gauche du buffet ! Ça va bien !

KARADOC — Ouais mais la brioche, elle est là !

LÉODAGAN — Bon bah, à droite, qu'est-ce qu'il y a ?

KARADOC — Ben, pas grand chose…

LÉODAGAN — C'est pas du persil, ça ?

KARADOC *(regardant)* — Si…

LÉODAGAN — Eh ben voilà, tiens… Donnez-moi donc un ou deux brins de persil.

4. INT. CUISINES – NUIT

KARADOC parle fort tout en mastiquant. Les nerfs de LÉODAGAN sont mis à rude épreuve.

KARADOC — On dit « la politique de l'autruche »… Avant, je comprenais pas. Mais maintenant que j'en ai vu une, d'autruche, c'est bon. La politique qui court vite : la politique qui fait des gros œufs. C'est tout.

LÉODAGAN — Vous voulez pas aller vous coucher ?

KARADOC — Si allez. *(tâtant son ventre)* Un petit morceau de brioche pour faire passer le reste…

LÉODAGAN — Non, non, pas la brioche !

KARADOC — Bah pourquoi ?

LÉODAGAN — Vous allez pas bouffer de la brioche à cette heure-ci, non ? Elle est à gauche du buffet ?

KARADOC — Ben oui !

LÉODAGAN — Voilà. Il vous en faut pas, à vous. C'est déconseillé.

KARADOC — Par qui ?

LÉODAGAN — Par moi. Je vous déconseille la brioche.

KARADOC — Ah merde.

LÉODAGAN — Et même, je vais vous dire, tout ce qu'il y a à gauche du buffet…

KARADOC — Bah qu'est-ce que je bouffe alors ?

LÉODAGAN — Persil. *(il lui donne)* — Allez-y, tapez dedans, j'ai fini, moi.

FERMETURE

5. INT. CUISINES – NUIT

KARADOC se dirige vers la porte, suivi par LÉODAGAN. Ils passent à côté du buffet de l'entrée.

KARADOC — Pas terrible, le persil cru, quand même…

LÉODAGAN — Moi je dis le persil… Jetez un coup d'œil, s'il y a quelque chose qui vous tente…

KARADOC — Mais où ?

LÉODAGAN — Sur le buffet ? À droite. Ça, ça doit devenir un…

KARADOC fouille le buffet sur le côté droit. LÉODAGAN en profite pour récupérer sa cassette, qu'il dissimule discrètement sous sa chemise.

KARADOC *(trouvant quelque chose)* — Qu'est-ce que c'est, ça ? Ah non. c'est un charançon.

LÉODAGAN — Vous aimez pas ça ?

KARADOC — Je crois pas…

NOIR

LÉODAGAN *(OVER)* — Bon bah, persil, alors.

22
Plus Près De Toi

N. Gabion

3 CORS

1. INT. COULOIRS – JOUR

Arthur s'apprête à entrer dans la salle de la Table Ronde. Bohort arrive en courant.

Bohort *(excité, hurlant)* — Sire, Sire, Sire ! Une missive de la plus haute importance ! Ça vient de Rome !

Arthur, excédé par le volume sonore déployé par Bohort, ne répond pas.

Bohort *(intrigué)* — Sire ?

Arthur invite Bohort à une confidence chuchotée.

Arthur *(hurlant à l'oreille de Bohort)* — Merci !

OUVERTURE

2. INT. SALLE DE LA TABLE RONDE – JOUR

ARTHUR, une lettre à la main, discute avec PÈRE BLAISE.

ARTHUR — Mais merde à la fin, qu'est-ce qui lui prend, au Pape, de me prendre de haut, comme ça ?

PÈRE BLAISE — Sire, tous les autres Royaumes ont déjà une Cathédrale !

ARTHUR — Mais on a cinq minutes, non ? Qu'est-ce que ça veut dire, ça : *(lisant)* « Le Royaume de Bretagne sera considéré comme terre barbare jusqu'à ce qu'Arthur entame les travaux d'une Cathédrale… » ? Il se prend pour qui, sans déconner ?

PÈRE BLAISE — Pour le Pape.

ARTHUR — Le Pape…

PÈRE BLAISE — Sa Sainteté a peut-être l'impression que vous y mettez de la mauvaise volonté !

ARTHUR — Peut-être ! Il se trouve que j'ai autre chose à foutre que de faire construire une baraque de quatre cents pieds de haut qui va me coûter la peau des fesses !

PÈRE BLAISE — En même temps, on a pas trop le choix… On va pas devenir une terre barbare, quand même ?

ARTHUR soupire.

PÈRE BLAISE — L'autre truc, c'est que les bâtisseurs de cathédrales, ça court pas les campagnes ! En plus, il faut un sacré spécialiste…

ARTHUR *(après un soupir de mépris)* — Le premier trouduc' qui sait mettre trois pierres les unes sur les autres, ça ira bien.

3. INT. SALLE DE LA TABLE RONDE – JOUR

Arthur et Père Blaise reçoivent Venec.

Venec — Non mais si vous voulez de la pierre, il y a pas de problème, moi je vous mets de la pierre ! Par contre, je préfère vous prévenir : c'est pas le même budget…

Père Blaise — Mais enfin, on construit plus les édifices religieux en bois ! Et puis pour quelque chose de cette taille….

Venec — Je vous dis : c'est comme vous voulez. Mais bon, c'est con… Par exemple, moi, je suis en affaires avec un pote germain qui tient une scierie. Là, c'est sûr, si on part sur du sapin, moi je vous tire un tarot aux oignons !

Père Blaise *(à Arthur qui ne dit rien)* — Sire ? Tout va bien ?

Arthur — Ouais, ouais… *(à Venec)* Je suis désolé Venec mais… vous en avez déjà construit combien, des cathédrales ?

Venec — Bah… Disons que je me lance, quoi…

Arthur — Parce que le dernière fois que je vous ai vu, vous donniez plutôt dans le commerce d'esclaves…

Venec — Ah mais ça, je fais toujours, l'esclave ! J'ai un dépôt-vente sur la côte. Mais c'est complémentaire avec les cathédrales. Parce que dès qu'il y a un coup de bourre, je renforce les équipes avec du chinetoque ou du boucaque — enfin, selon ce que j'ai en stock sur le moment — et je suis jamais pris de court.

Père Blaise — Et ça marche bien, les cathédrales, en ce moment ?

VENEC — Je veux ! Parce que tout le monde se fait bourrer le mou par les curetons. Comme quoi, si on n'a pas sa cathédrale, on est même pas civilisé.

PÈRE BLAISE — C'est plus compliqué que ça !

ARTHUR — Pas tellement, non. Vous voulez relire la lettre de l'autre, là ?

VENEC — Dites, on continue sur les détails ou on règle la question du pognon tout de suite ?

4. INT. SALLE DE LA TABLE RONDE – JOUR

ARTHUR et PÈRE BLAISE continuent leur réunion avec VENEC.

VENEC — Non mais, je vais pas vous jouer de la flûte ; pour toutes les questions techniques, il vaut mieux voir ça avec mon architecte égyptien.

PÈRE BLAISE — Votre architecte égyptien ?

VENEC — Un vrai phénomène ! Il m'a coûté bonbon ! Je l'ai échangé contre trois gladiateurs à la foire de Glastonbury.

ARTHUR — Bon mais alors, à part le pognon, on voit quoi, avec vous, au juste ?

VENEC — Eh ben, tout ce qui est niveau de prestations, finitions, déco…

PÈRE BLAISE — Niveau de prestations ?

VENEC — Ah bah ouais, parce que si vous voulez que ça ait de la gueule, il faut définir un style, une ambiance… Par exemple, on peut faire genre sobre, teintes unies. pierres apparentes… Ou alors, on donne dans le plus chaud : tentures au mur, statues de gonzesses à poil…

PÈRE BLAISE — Sire !

VENEC — Bah quoi ?

Un temps.

VENEC — Vous êtes pas emballé ?

ARTHUR — Par quoi ? La pyramide en sapin aménagée en maison de passes ? C'est surtout le Pape qui risque de pas être emballé…

OUVERTURE

5. INT. SALLE DE LA TABLE RONDE – JOUR

La conversation continue.

VENEC — Deux-trois sacs de bijoux discrétos sous la table et boum ! Il vous cassera plus les bonbons, votre Pape.

PÈRE BLAISE — C'est vrai qu'on dit qu'il est pas insensible aux petits cadeaux…

ARTHUR — C'est sûr que ce serait un moyen de contourner le problème mais… pour ça, il faut du cash mais…

PÈRE BLAISE — Ouais. Niveau liquidités, on a connu meilleur.

VENEC compatit aux difficultés de ses interlocuteurs.

NOIR

VENEC *(OVER)* — Je vous ai déjà dit que je prête du pognon à des taux vraiment pas dégueulasses ?

23
La Révolte

A. Astier

3 CORS

1. INT. CHAMBRE DE LÉODAGAN – SOIR

Léodagan et Séli sont au lit.

Léodagan — Qu'est-ce qu'ils vous ont dit, exactement ?

Séli — Bah, ils m'ont traitée de tous les noms !

Léodagan — Vous en avez reconnu un ou deux ?

Séli — C'était des péquenauds, quoi… Ils étaient sales…

Léodagan — S'ils ont fait qu'insulter, ça va encore…

Séli — Qu'est-ce qui leur prend ?

Léodagan — Ils se plaignent comme quoi ils sont exploités.

Séli — Et c'est pas vrai ?

Léodagan — Si mais c'est bizarre, ils sont pas censés s'en rendre compte.

OUVERTURE

2. INT. SALLE DE BAIN – JOUR

Léodagan est venu rendre visite en urgence au Roi qui prend son bain.

Léodagan — Vous voulez vraiment pas vous bouger ?

Arthur — Non ! Je suis désolé, je suis dans mon bain, démerdez-vous.

Léodagan — Ils sont six ou huit, à tout casser ! D'ailleurs, ils vont tout casser !

Arthur — Six ou huit, ça va peut-être aller, comme révolte paysanne, non ? Vous pensez pouvoir vous en sortir ?

Léodagan — Ah bah moi, je peux toujours m'en sortir mais je les fais charcuter par la garde.

Arthur — Ah bravo !

Léodagan — Si c'est moi qui fais, c'est moi qui fais.

Arthur — Mais qu'est-ce qu'ils veulent ?

Léodagan — Vous voir.

Arthur — Ouais mais me voir pour quoi faire ?

Léodagan — Ils sont pas assez considérés, je sais pas quoi...

Arthur — Pas assez considérés ? Qu'est-ce que ça veut dire ça ?

Léodagan — Mais rien, c'est des machins de gonzesses... Ma femme arrête pas de me le dire, tiens... Que je pourrais plus la considérer ! Comme je sais toujours pas ce que ça veut dire, ça risque pas d'avancer, cette histoire.

Arthur — Qu'est-ce qu'on fait, alors ?

Léodagan — Comme avec ma femme. On y va, on écoute... On attend que ça passe. De toute façon, ça va recommencer dans deux mois.

3. INT. SALLE DU TRÔNE – JOUR

Guethenoc et un petit groupe de paysans sont venus rencontrer Arthur et Léodagan.

Guethenoc — Ah bah là, c'est sûr ! Il y a plus rien à bouffer, d'un seul coup, on est reçus !

Arthur — Qu'est-ce que vous racontez ? J'ai jamais refusé de vous recevoir !

Guethenoc — Non mais, vous me recevez, Sire ! Mais ce que je vous dis, tout le monde s'en tamponne ! Je gueule, je gueule, je pourrais gueuler dans le cul d'un poney, ça serait pareil !

Arthur — Bon bah allez-y ! Magnez-vous ! C'est quoi le problème, exactement ?

Guethenoc — Le problème, c'est que la condition paysanne, vous en avez rien à cirer.

Arthur — Mais c'est faux !

Léodagan *(tempérant)* — C'est faux…

Arthur — Quoi, qu'est-ce qu'il y a ?

Léodagan *(à Guethenoc)* — Vous voulez dire à titre individuel ou le gouvernement ?

Guethenoc — Qu'est-ce que j'en sais, moi ? C'est bien pareil !

Léodagan — Ah bah non ! Moi, personnellement, la condition paysanne, je me la taille en biseau, voyez ?

Guethenoc — Quoi ? C'est une honte ! Révolte !

Arthur *(à Léodagan)* — Mais qu'est-ce que vous foutez ?

Léodagan — Je parlemente !

Arthur — Ah bah, vous êtes un as !

LÉODAGAN *(à Guethenoc)* — Pour en venir au fait que par contre, au gouvernement, on écoute vos revendications. *(à Arthur)* C'est tout, c'est une manière un peu détournée de…

ARTHUR lève les yeux au ciel.

GUETHENOC — Alors comment vous expliquez le fait qu'il y ait jamais rien qui s'améliore ?

LÉODAGAN — Parce qu'on a pas que ça à foutre.

GUETHENOC — Quoi ? Révolte ! On va tout cramer, vous demanderez pas d'où ça vient !

LÉODAGAN — Je vais vous coller la garde aux miches, vous verrez que la récolte va reprendre vite fait !

ARTHUR *(à Léodagan)* — Heu… Ce que je vais faire, je vais parlementer un peu tout seul, là.

4. INT. SALLE DU TRÔNE – JOUR

ARTHUR essaie de se montrer diplomate et tente une négociation à l'amiable avec les paysans.

GUETHENOC — Sous prétexte de nourrir le bourgeois, on travaille vingt heures pas jour, on passe notre vie à se geler les meules, les pieds dans la bouse du matin au soir, à force de trimbaler des machins, à vingt-cinq ans, on est déjà à moitié déglingués… Qu'est-ce qu'on y gagne ?

LÉODAGAN — Mon pied dans les noix…

ARTHUR — Beau-père, fermez-la !

GUETHENOC — Révolte !

ARTHUR — Attendez ! Vous y gagnez la protection.

GUETHENOC — La protection ? Qu'est-ce que c'est que cette nouveauté ?

ARTHUR — On a subi seize tentatives d'invasion, l'année dernière. Seize. Vous avez rien vu ?

GUETHENOC — Ben... on l'a plus ou moins su...

ARTHUR — Mais personne a fait cramer vos fermes, saccagé vos plantations, pillé vos maisons...

GUETHENOC — Pas que je sache...

ARTHUR — Eh ben voilà. Vous fournissez la bouffe et, du coup, vous restez en vie.

GUETHENOC reste coi.

LÉODAGAN — Moi, quand je parlemente, au moins, c'est pas vicelard.

FERMETURE

5. INT. SALLE DU TRÔNE – JOUR

Les paysans sont partis. ARTHUR et LÉODAGAN restent seuls.

LÉODAGAN — C'est marrant, ça vous ressemble pas, ça.

ARTHUR — Quoi encore ?

LÉODAGAN — Obtenir quelque chose des gens en leur collant les miquettes.

ARTHUR — Qu'est-ce que vous en savez, de ce qui me ressemble ?

LÉODAGAN — Non mais d'habitude, vous gouvernez un peu à la tantouze, quand même. Genre « je comprends, je suis moderne... »

ARTHUR — Je sais pas...

NOIR

ARTHUR *(OVER)* — C'est parce que j'ai la dalle, je crois.

24
Sous Les Verrous

A. Astier

3 CORS

1. INT. TAVERNE – JOUR

Arthur et Lancelot, en habits de paysan, ont une discussion discrète mais animée, à une table.

Arthur — Avec vos conneries d'incognito, il y en pas un qui m'a reconnu !

Lancelot — On pouvait pas se permettre de voyager à découvert !

Arthur — Voyager, d'accord ! Mais signer le traité ?

Lancelot — Le traité… je pouvais pas prévoir qu'ils vous reconnaîtraient pas !

Arthur — Évidemment qu'ils me reconnaissent pas ! Pas de couronne, pas d'Excalibur, rien !

Lancelot — Je sais pas quoi vous dire, moi.

Arthur — Vous fatiguez pas. Je rentre à Kaamelott chercher mes fringues, vous m'attendez ici et on retourne signer ce foutu traité !

Lancelot — Heu, du coup, vous pouvez me ramener les miennes, de fringues ?

OUVERTURE

2. INT. GEÔLES – JOUR

Arthur est enfermé dans une geôle, en habits de paysan.

Arthur — Je vous dis que vous faites une erreur !

Aucune réponse.

Arthur — J'ai dû mettre ces vêtements afin de voyager incognito ! Ce ne sont pas mes vêtements ! Je suis le Roi Arthur !

Pas de réponse.

Arthur *(désespéré)* — Faites venir un Chevalier qui puisse confirmer que c'est bien moi ! Vous verrez ! Parce que vous venez de faire une grosse connerie ! Moi, je serais vous, j'y penserais !

Le geôlier arrive avec une assiette.

Arthur — Parce que mettons que ce soit moi et qu'on me fasse sortir, je vous envoie tous aux travaux forcés ! J'espère que c'est bien clair dans la tête de tout le monde !

Pas de réponse.

Arthur — Alors que si vous m'ouvrez tout de suite, je passe l'éponge et on en parle plus.

Rien.

Arthur *(en colère)* — Allez, vite ! Ça pue, là-dedans !

3. INT. GEÔLES – JOUR

ARTHUR désespère.

ARTHUR *(hurlant)* — Ho ! Hé ! Venez m'ouvrir, bande de cons !

Aucune réponse.

ARTHUR *(à lui-même)* — Ah la vache, qu'est-ce que ça daube… *(hurlant)* Hé ! Venez m'ouvrir !

Au bout de quelques secondes, une voix se fait entendre.

YVAIN *(OFF)* — Il y a quelqu'un ?

ARTHUR *(soudain)* — Mais évidemment qu'il y a quelqu'un ! C'est moi, c'est Arthur ! Venez m'ouvrir !

Une seconde passe.

YVAIN *(OFF)* — De quoi s'agit-il ?

ARTHUR — Mais c'est pas vrai ! Je vous dis que c'est moi, le Roi Arthur ! Je suis enfermé dans les geôles ! Venez m'ouvrir, magnez-vous !

YVAIN *(OFF)* — Où êtes-vous ?

ARTHUR *(ulcéré)* — Dans les geôles ! Grouillez-vous de venir !

YVAIN *(OFF)* — Heu… d'habitude, je descends pas trop dans les geôles…

ARTHUR — Descendez m'ouvrir immédiatement ou je vous fais écarteler !

YVAIN *(OFF, après une seconde)* — J'arrive !

ARTHUR pousse un soupir de soulagement. YVAIN arrive.

ARTHUR *(distinguant mal)* — Qui c'est ?

YVAIN — Sire ? Mais qu'est-ce que vous faites là ?

ARTHUR — Yvain ! Ah bah, pour une fois, vous tombez bien.

YVAIN — J'ai ma chambre juste à l'étage au-dessus, c'est pour ça.

ARTHUR — Allez, faites-moi ouvrir.

YVAIN — Mais je peux pas !

ARTHUR — Comment ça « vous pouvez pas » ?

YVAIN — J'ai pas les clefs…

ARTHUR — Mais je le sais bien que vous avez pas les clefs, andouille ! Allez chercher le geôlier !

YVAIN — Mais pour quoi faire, exactement ?

ARTHUR *(presque fou)* — Pour me faire sortir de là !

YVAIN — Ça me gêne un peu… Je voudrais pas être mêlé à des histoires politiques…

4. INT. GEÔLES – JOUR

YVAIN refuse toujours de faire libérer le Roi.

ARTHUR *(patient)* — Yvain.

YVAIN — Oui…

ARTHUR — Vous êtes un jeune homme plein de bonne volonté ?

YVAIN — Par rapport à quoi ?

ARTHUR — Par rapport à rien. En général. Vous êtes plutôt de bonne volonté.

YVAIN — Si vous le dites…

ARTHUR — Voilà. De plus, vous êtes un Chevalier de la Table Ronde. C'est pratiquement comme si vous faisiez partie de ma famille.

YVAIN — Mais de toute façon, je fais bien partie de votre famille puisque je suis votre beau-frère…

ARTHUR — Mais pas du tout… *(réalisant)* Ah mais si !

YVAIN — Puisque je suis le frère de la Reine…

ARTHUR — Oui, oui ! En plus ! Vous imaginez ? Votre Roi et votre beau-frère ! Et je me suis fait enfermé par erreur ! Vous allez bien faire quelque chose ?

YVAIN — Mon père, il dit toujours qu'on arrive jamais en prison par hasard.

ARTHUR — Eh ben là, si. Mes propres gardes ne m'ont pas reconnu. C'est terrible mais c'est la réalité. Ouvrez-moi.

YVAIN — Je suis désolé, je peux pas endosser cette responsabilité.

ARTHUR — Si vous me faites sortir, je vous nomme Roi à ma place.

FERMETURE

5. INT. GEÔLES – JOUR

YVAIN a demandé au geôlier d'ouvrir la porte. ARTHUR est libre.

ARTHUR *(faisant entrer Yvain dans la cellule)* — Voilà, allez-y, entrez.

YVAIN — Entrez où ça ? Dans la cellule ?

ARTHUR — Oui, allez-y.

YVAIN entre, ARTHUR ferme la porte à clé.

Yvain — Je comprends pas, je suis pas Roi ?

Arthur — Si, si. Ça y est. Félicitations. Vous êtes Roi.

Arthur s'apprête à s'en aller.

Arthur — Alors, ça fait quelle impression ?

NOIR

Yvain *(over, modeste)* — Oh, c'est allé très vite…

25
Séli Et Les Rongeurs

A. Astier

3 CORS

1. INT. CUISINES – NUIT

Séli est dans la cuisine, un énorme maillet à la main. La porte s'ouvre ; Léodagan entre.

Léodagan — Mais vous êtes là ? Qu'est-ce que vous trafiquez ? Ça fait une plombe que je vous cherche dans toute la cabane !

Séli — Il y a une souris dans la cuisine. Je me coucherai pas avant de l'avoir pulvérisée.

OUVERTURE

2. INT. CUISINES – NUIT

Séli et Léodagan — qui est resté sur le seuil de la pièce — discutent nerveusement.

Séli — Chut ! Fermez-la !

Léodagan — Comment « fermez-la » ? Une plombe que je crapahute des geôles aux tourelles et il faudrait que je la ferme ?

SÉLI — Venez vous mettre là et bougez plus !

LÉODAGAN — Mais vous allez me dire ce qui se passe, oui ? Qu'est-ce que c'est que cette histoire de souris ?

SÉLI — Venez !

LÉODAGAN s'exécute.

LÉODAGAN — Il y a des fois, vous admettrez que vous êtes hors normes.

SÉLI — Je ne peux pas blairer les souris. Celle-là, j'irai pas me coucher tant que je l'aurai pas bousillée !

LÉODAGAN — Bousillée… ? Avec le maillet, là ?

SÉLI — Oui et alors ?

LÉODAGAN — Non mais bien sûr ! Donc vous, vous dégommez les souris au maillet…

SÉLI — J'ai pris le maillet parce que j'avais le maillet sous la main ! Peu importe !

LÉODAGAN — Non bah après, ce qui compte, c'est le résultat ! Au maillet, au tir à l'arc… vous avez essayé la catapulte ?

SÉLI — Bon, où est-ce que vous voulez en venir, exactement ?

LÉODAGAN — Mais le temps que vous le leviez en l'air, votre maillet, la souris, elle aura becqueté la bouffe, les meubles et nos chemises de nuit en prime !

SÉLI — Mais je compte pas la choper en pleine course ! Je vais la distraire avec du fromage !

LÉODAGAN — Vous pouvez bien la distraire avec un numéro de jonglage, vous la toucherez pas avec ça. Point.

SÉLI — Dispersez du fromage, au lieu de commenter !

LÉODAGAN lève les yeux au ciel.

3. INT. CUISINES – NUIT

Léodagan et Séli attendent en silence.

Léodagan — Bon alors ? On va peut-être aller se coucher, non ?

Séli — Mais taisez-vous cinq minutes ! Vous l'empêchez de sortir de son trou !

Léodagan — Ah et puis vous avez balancé du fromage dans toute la pièce, c'est quand même dégueu !

Séli — Il faut ce qu'il faut. Les souris, ça aime le fromage.

Léodagan — Celle-là, pas tellement… Vous avez dû émietter l'équivalent d'une demi-tomme de montagne et elle a pas sorti son pif.

Séli — Chut !

Léodagan — Quoi « chut » ?

Séli — Chut, fermez-la.

Léodagan — Oh, non mais c'est agréable, je vous assure…

Séli — Vous allez la boucler, nom d'un chien ? Il me semble que j'entends quelque chose.

Léodagan — Vous entendez que dalle et je vous annonce que j'en ai ras la mèche. Je vais me coucher !

Séli — Mettez-la en veilleuse ou je vous fiche un coup de maillet !

Léodagan — Non mais… *(entendant un bruit)* Ah ouais, vous avez raison…

Séli — Ça gratouille, non ? Je suis pas folle !

Léodagan — Ça se rapproche. Faut vraiment tendre l'oreille…

Karadoc ouvre la porte avec fracas.

Karadoc — Il y a quelqu'un ?

Séli — Ah non mais c'est pas vrai !

Léodagan — Qu'est-ce que vous foutez là, imbécile ?

Karadoc — J'ai senti une odeur de fromage !

Léodagan — Mais c'est pas possible de voir ça !

Séli *(à Karadoc)* — Bon bah, vous rentrez ou vous sortez mais vous restez pas planté à la porte comme une lampe !

Karadoc — Qu'est-ce que c'est que ce chantier, par terre ?

Léodagan — Vous occupez pas. C'est du fromage, c'est rien.

Karadoc — « C'est du fromage, c'est rien » ? Vous vous foutez de moi ? Du « brebis » premier choix affiné à l'ancienne ! Un clacos comme ça, il y a deux ans dessus !

Léodagan — Venez vous mettre là et faites pas chier !

Karadoc *(s'approchant)* — Non mais je suis désolé, il y a un minimum de respect.

4. INT. CUISINES – NUIT

Séli, Léodagan et Karadoc attendent en silence. Karadoc mange des bouts de fromage.

Léodagan — Là, à mon avis, elle s'est tirée pour de bon.

Séli — Elle est là. Elle se tape de la bouffe dans un placard, je vous parie…

Léodagan — Si elle bouffe dans un placard, on a quand même un peu l'air con avec notre fromage !

KARADOC — Il est trop salé pour une souris, le frogomme. Déjà, moi, j'aime bien salé et je le trouve raide…

SÉLI — Ça y est, je l'entends ! Fermez-la !

LÉODAGAN — Vous êtes sûre ?

SÉLI — Certaine ! Ça se rapproche, en plus ! Me dites pas que vous entendez rien !

LÉODAGAN — Ben…

KARADOC — Si, mâcher, mais c'est moi, ça.

PERCEVAL ouvre bruyamment la porte.

PERCEVAL — Qui c'est qui est là ?

KARADOC — Tiens !

SÉLI — Mais c'est pas vrai !

LÉODAGAN — C'est le rendez-vous des glandus, là, ou quoi ?

KARADOC — Vous avez senti le fromage, vous aussi ?

PERCEVAL — Non, non. J'avais envie de pisser…

LÉODAGAN — Vous pissez dans la cuisine, vous, maintenant ?

PERCEVAL — Après, j'ai entendu des voix !

SÉLI — On s'en fout, venez ! Ne restez pas là-bas comme un cèpe. Pointez-vous !

PERCEVAL — C'est marrant, les petits bouts de fromage par terre. C'est ça que vous appelez une fondue ?

FERMETURE

5. INT. CUISINES – NUIT

Séli, Léodagan, Perceval et Karadoc attendent en silence. Karadoc mange.

Perceval — Tant que la souris sort pas, on va pas se coucher, c'est ça ?

Léodagan — Et tant que vous parlez, la souris sort pas. C'est vous dire si on est rendus…

Séli — Ça y est !

Séli donne un énorme coup de maillet sur le pied de Karadoc, qui hurle de douleur.

Léodagan — Ah, loupé !

NOIR

Séli *(over)* — Pas passé loin !

26
Un Roi À La Taverne II

A. ASTIER

3 CORS

1. INT. TAVERNE – JOUR

LE TAVERNIER est derrière son comptoir. La porte d'entrée se fait entendre. Des pas. La rumeur de la salle cesse. ARTHUR s'installe au comptoir.

ARTHUR — Un lait de chèvre.

OUVERTURE

2. INT. TAVERNE – JOUR

LE TAVERNIER parvient à prononcer quelques mots.

LE TAVERNIER — Sire… Qu'est-ce que… Qu'est-ce qui me vaut… Par quelle…

ARTHUR — Il y a quelque chose qui va pas ?

LE TAVERNIER — Non, non, tout va bien Sire. C'est un honneur. Vous voulez que je dise aux grouillots de se tirer ? Vous serez plus à l'aise… *(aux clients)* Cassez-vous ! Foutez le camp, bande de ramasse-merdes !

ARTHUR — Non mais, ils me dérangent pas.

LE TAVERNIER *(toujours fort, aux clients)* — Vous pouvez rester ! Vous avez du bol que le Roi Arthur vous fasse pas tous arracher la peau du cul ! *(complice, à Arthur)* Excusez-moi, Sire… C'est le bas peuple : je peux plus supporter leurs tronches.

ARTHUR — Parce que vous avez pas que du bas peuple, dans votre établissement ?

LE TAVERNIER — On a des gens… de toutes les catégories sociales…

ARTHUR — Non mais aujourd'hui, par exemple…

LE TAVERNIER — Aujourd'hui, c'est que des clodos. Mais des fois, pour la foire, par exemple, on a des marchands.

ARTHUR — Des marchands…

LE TAVERNIER — Oui. Et puis des voyageurs, aussi… Remarquez, c'est des clodos comme ceux-là sauf qu'ils changent de coin.

ARTHUR — Et des Chevaliers, vous en avez ?

LE TAVERNIER — Des Chevaliers ? Quel genre de Chevaliers ?

ARTHUR — Du genre de la Table Ronde…

LE TAVERNIER — C'est ça que vous êtes venu me demander ?

ARTHUR — Ben, pour rien vous cacher, du lait de chèvre, j'en ai, au château…

3. INT. TAVERNE – JOUR

ARTHUR continue son interrogatoire.

LE TAVERNIER — Je sais pas bien quoi vous dire, moi…

ARTHUR — C'est pourtant pas compliqué comme question.

LE TAVERNIER — Ça arrive.

ARTHUR — Ça arrive souvent ?

LE TAVERNIER — De temps en temps, il y a un type ou… Enfin, je veux dire, un Chevalier ou deux qui vient boire une coupe…

ARTHUR — Je vais être clair. Il m'est arrivé d'avoir l'impression que mes hommes passaient beaucoup de temps chez vous. Et je les ai un peu…

LE TAVERNIER — … secoués ?

ARTHUR — Heu… oui, si vous voulez. Enfin, je les ai pourris, exactement. Je les ai traités de tous les noms… Bon, c'était pas tant pour le temps qu'ils passaient chez vous que pour celui qu'ils passaient pas chez moi, remarquez.

LE TAVERNIER — Et vous êtes venu vérifier ?

ARTHUR — Du coup, je suis drôlement rassuré. Pas un Chevalier dans la salle.

LE TAVERNIER *(gêné)* — Voyez qu'il y avait pas de quoi se faire du souci !

ARTHUR — Oui… ou alors, je suis bien tombé.

LE TAVERNIER — Mais vous savez, Sire, je crois qu'il faut bien distinguer deux choses. D'un côté, les Chevaliers qui viennent se mettre la tête en dedans — mais ça, c'est rare — et de…

ARTHUR — Parce que ça arrive ?

LE TAVERNIER — Je vais pas vous raconter de conneries, Sire. Ça eut arrivé qu'il y en ait un ou deux qui vomisse son vin par terre.

ARTHUR — Vous vous souvenez de qui ?

LE TAVERNIER — Vous savez, moi, les noms…

ARTHUR — Vous avez jamais pensé à la pierre ? Parce que le bois, c'est joli mais ça brûle…

LE TAVERNIER — Les Seigneurs Perceval et Karadoc.

ARTHUR — D'accord… Bon, il faut distinguer ceux qui vomissent et…

LE TAVERNIER — Et ceux qui sont là en patrouille ! Qui protègent ! Qui surveillent !

ARTHUR — Il y a la garde, pour ça. C'est pas dans la fonction des Chevaliers, la surveillance.

LE TAVERNIER — Ah bon ?

ARTHUR — Quel Chevalier est venu ici en disant qu'il vous protégeait ?

LE TAVERNIER — Perceval et Karadoc.

4. INT. TAVERNE – JOUR

ARTHUR et LE TAVERNIER continuent leur conversation.

LE TAVERNIER — Sire, j'espère que vous allez pas être trop sévère !

ARTHUR — Ah, ça risque quand même d'être un peu leur fête !

LE TAVERNIER — Déjà, il faut que vous sachiez une chose : ils ont jamais prétendu boire à l'œil. Bon, ils ont une ardoise longue comme un jour sans pain mais ils me le doivent, ils demandent pas de ristourne.

ARTHUR — Je sais pas si ça me rassure tellement de savoir qu'ils balancent la moitié de leur patrimoine dans votre caisse.

LE TAVERNIER — Et puis, ils sont bien polis avec tout le monde. Les gens sont plutôt contents de les voir là. Ça fait du prestige…

ARTHUR — Du prestige ? Perceval et Karadoc ? Eh ben, je comprends qu'ils viennent plus souvent ici qu'à Kaamelott !

LE TAVERNIER — Et puis, je préfère être honnête avec vous, Sire — entre hommes d'affaires, on se comprend —, si vous me les enlevez, j'ai le tiers de mes revenus qui fout le camp. Parce qu'ils font pas que boire, Sire ! Ils bouffent là, un jour sur deux !

ARTHUR — Un jour sur deux ? Vous voulez dire qu'ils sont là tous les jours ?

LE TAVERNIER — Heu… j'ai dit ça, là ? J'ai pas fait gaffe…

ARTHUR — Aujourd'hui, par exemple, ils sont pas venus ?

LE TAVERNIER — Ils sont venus pour l'ouverture, après ils sont revenus pour le repas de midi et ils ont dit qu'ils repasseraient dans l'après-midi.

FERMETURE

5. INT. TAVERNE – JOUR

PERCEVAL et KARADOC viennent s'installer au comptoir.

PERCEVAL — Allez, au boulot !

KARADOC — Patron, deux coupes !

Les deux hommes se prennent le contenu de leur coupe en plein visage.

LE TAVERNIER *(ennuyé)* — C'est de la part du monsieur dans le fond.

Au fond de la salle, Arthur *lève son verre à la santé des deux Chevaliers.*

NOIR

Perceval *(over)* — Je voudrais pas faire ma raclette mais la soirée s'annonce pas super.

27
L'Ancien Temps

A. ASTIER

3 CORS

1. INT. CHAMBRE D'ARTHUR – SOIR

ARTHUR et GUENIÈVRE sont au lit. GUENIÈVRE parcourt un parchemin.

ARTHUR *(oppressé)* — Je sais pas ce que j'ai… J'ai du mal à respirer…

GUENIÈVRE — Vous faites une crise d'angoisse. C'est parce que votre mère arrive demain et que vous avez peur de votre mère.

ARTHUR — J'ai peur de rien du tout.

GUENIÈVRE — Si. Vous avez peur des serpents, du noir…

ARTHUR *(réfléchissant)* — Ouais mais à part ça…

GUENIÈVRE — À part ça, vous avez peur de votre mère.

OUVERTURE

2. INT. CHAMBRE D'ARTHUR – SOIR

ARTHUR se justifie face aux insinuations de sa femme.

ARTHUR — C'est pas de la peur ! Seulement bon… c'est pas une femme facile, figurez-vous.

GUENIÈVRE — Je critique pas ! Qu'est-ce que vous croyez ? Ma mère non plus, c'est pas une femme facile !

ARTHUR — Oh, votre mère…

GUENIÈVRE — Quoi, ma mère ?

ARTHUR — Mais on s'en fout, de votre mère !

GUENIÈVRE — Non mais dites donc !

ARTHUR — Quel rapport ? La vôtre, on habite avec ! Je me la farcis du soir au matin ! C'est bon, je la connais !

GUENIÈVRE — Oh bah, la vôtre aussi, on la connaît ! Toujours la même rengaine : « Vous êtes le pire Roi que la Bretagne ait connu, si votre père était vivant, il se retournerait dans sa tombe, Pendragon, c'était un symbole de courage… » Elle sait dire que ça !

ARTHUR — Oui, elle a la nostalgie de l'ancien temps… Ça a rien d'exceptionnel !

GUENIÈVRE — Mais moi, ce qui me chagrine le plus, c'est que vous l'écoutez ! Elle arrive à vous persuader que vous êtes un incapable !

ARTHUR — Bah… je sais pas moi… elle me dit des trucs, elle est là… elle me fixe avec ses yeux de serpent !

3. INT. SALLE À MANGER – JOUR

ARTHUR déjeune avec YGERNE. Ils ne se parlent pas. ARTHUR n'est pas à l'aise.

ARTHUR — Vous avez fait bon voyage ?

YGERNE ne répond pas.

ARTHUR — Ah ouais, vous m'adressez même plus la parole, en fait.

YGERNE *(avec lassitude)* — Ça vous intéresse vraiment de savoir si j'ai fait bon voyage ?

ARTHUR — Mais non, qu'est-ce que j'en ai à carrer…

YGERNE — Ne soyez pas grossier !

ARTHUR s'excuse d'un signe de la main.

ARTHUR — J'en sais rien, moi. .. On parlait de quoi, à table, du temps de mon père ?

YGERNE *(surprise)* — Tiens ! Vous parlez de votre père, vous, maintenant ?

ARTHUR — Bah, comme il va finir par débarouler sur le tapis, j'anticipe. Pour une fois, ça viendra de moi.

YGERNE — Du temps de Pendragon, les femmes n'étaient pas admises à la table du Roi.

ARTHUR *(presque compatissant)* — Sans déconner ? Même pas vous ?

YGERNE — Même pas moi.

ARTHUR *(impressionné)* — Eh ben la vache, c'était sec.

YGERNE — Bien plus que vous ne pouvez l'imaginer.

ARTHUR — Du coup, alors moi, voilà, je suis une lopette parce que les femmes mangent à ma table. Je me laisse marcher sur les pieds, j'ai pas l'âme d'un chef. C'est pas ça ?

YGERNE — Non non, c'est mieux de faire comme ça. Vous avez bien raison.

ARTHUR a du mal à croire qu'il a bien entendu.

ARTHUR — Comment ? Qu'est-ce que vous avez dit ?

YGERNE — Vous avez mis fin à ces coutumes misogynes et c'est une chose qui doit être portée à votre crédit.

ARTHUR croit d'abord à une plaisanterie puis se rend compte que sa mère est sérieuse.

4. INT. SALLE À MANGER – JOUR

YGERNE vante les mérite de son fils. Celui-ci est médusé.

YGERNE — Je sais que les anciens vous critiquent parce que vous fédérez les peuples qui étaient ennemis depuis cinq cents ans. Seulement au bout d'un moment, qui c'est qui est arrivé à mettre fin à la guerre, dans ce pays de débiles, c'est vous !

ARTHUR n'en revient pas.

YGERNE — Parce qu'on dit « Pendragon », mais Pendragon, c'était pas une partie de rigolade, j'aime autant vous le dire ! « Avec moi, ça passe ou ça casse ; un bon ennemi est un ennemi mort ; on me tourne le dos une fois, pas deux… », il avait que des phrases toutes faites. Et puis pas généreux ! Si vous aviez vu ça… Tenez, dans quatre jours, c'est les fêtes paysannes, à Tintagel. Eh ben lui, il aurait rien donné !

ARTHUR *(comprenant)* — Ah ! Vous voulez que je donne du blé !

YGERNE — Bah, un Roi moderne comme vous, c'est bien le moins que vous puissiez faire !

ARTHUR *(rassuré)* — OK ! Ça y est, je percute ! Non parce que là, vous commenciez à me faire flipper léger…

FERMETURE

5. INT. SALLE À MANGER – JOUR

Le déjeuner se termine. Une servante propose un plat de compote à YGERNE.

YGERNE — Qu'est-ce qu'elle me veut, celle-là ? Il faut toujours qu'il y ait une bonniche qui vienne vous mettre les plats sous le nez, ici ! Qu'est-ce que c'est que ce genre ?

ARTHUR — Elle vous présente la compote.

YGERNE *(renvoyant le plat d'un geste de la main)* — Oh mais ils sont interminables, ces repas ! Si je veux de la compote, je suis assez grande pour la faire toute seule !

ARTHUR sourit.

YGERNE — Qu'est-ce que vous avez à sourire ?

ARTHUR — Rien. Combien est-ce qu'il faut que je raque, pour la fête aux pécores ?

YGERNE — Je ne suis pas venue ici pour quémander ! Mais à moins de deux mille pièces d'or, vous passerez pour un rapiat.

NOIR

ARTHUR *(OVER)* — Non mais quand c'est demandé gentiment…

28
Le Passage Secret

A. ASTIER

3 CORS

1. INT. CHAMBRE D'ARTHUR – SOIR

ARTHUR et GUENIÈVRE sont au lit.

GUENIÈVRE — C'est bien, quand même, que vous ayez arrêté de chercher le Graal.

ARTHUR *(surpris)* — Je vous demande pardon…

GUENIÈVRE — Vous avez pas laissé tomber ?

ARTHUR — Certainement pas !

GUENIÈVRE — Bah, je sais pas… Comme vous le trouvez jamais…

ARTHUR — C'est parce que je cherche le Graal que je suis Roi, et du coup que vous êtes Reine ! Si je cherchais pas le Graal, vous seriez encore en Carmélide en train de torcher le cul des vaches dans la ferme de votre con de père !

OUVERTURE

2. EXT. FORÊT – JOUR

Arthur, Bohort et Léodagan sont dans une clairière, à l'entrée d'une sorte de galerie souterraine.

Bohort — Sire, je suis formel !

Arthur — Vous êtes sûrement formel mais, en attendant, j'ai pas confiance en vous !

Léodagan — Moi non plus.

Bohort — Croyez-moi, Sire ! La clairière, les trois arbres, l'entrée… tout correspond ! *(à lui, ému)* Ce brave vieillard ne m'avait pas menti.

Léodagan — Vous savez, c'est pas parce qu'un vieux moisi vient vous baver dans les étagères que ça vaut forcément quelque chose !

Arthur — Tiens… vous me l'enlevez de la bouche.

Bohort — Le Graal, Messires ! Le Graal que nous cherchons depuis tant d'années ! Il est là, à portée de main, au bout de ce tunnel !

Arthur — Ça vous paraît pas un peu facile ?

Bohort — Ma conviction est faite, Sire. Et pour vous prouver ma bonne foi, je me désigne comme éclaireur de cette périlleuse mission !

Arthur — Quoi ? Éclaireur ?

Léodagan — Vous auriez pas pris un coup de chaud, des fois ?

Bohort — Je suis intimement persuadé que notre Seigneur nous guide à ce moment même et qu'Il nous protège de Ses ennemis ! J'avancerai le premier !

Arthur et Léodagan se regardent.

LÉODAGAN — Remarquez, Bohort éclaireur, rien que pour la curiosité…

ARTHUR — Ouais, je suis d'accord. Et puis, ça se représentera peut-être plus. *(à Bohort)* Allez, on vous suit.

BOHORT est envahi par une profonde émotion.

3. INT. COULOIRS - NUIT

BOHORT arrive à un embranchement.

BOHORT — Sire, je suis arrivé à un angle !

ARTHUR *(OFF)* — Qu'est-ce que vous voulez que ça nous foute ? Dites-nous plutôt ce que vous voyez !

BOHORT — Qu'est-ce que je vois ? Ben… sensiblement la même chose que vous !

ARTHUR *(OFF)* — Mais décrivez, ça va jusqu'où ?

BOHORT — Mais pourquoi est-ce que vous ne venez pas voir par vous-mêmes ?

ARTHUR *(OFF)* — Parce que vous vous avez choisi ce qu'on appelle communément le poste d'éclaireur ! Alors, si je dois tout regarder par moi-même, au bout d'un moment, ça veut plus dire grand-chose, vous comprenez ?

BOHORT — Bon, eh bien les murs sont pierreux.

ARTHUR *(OFF)* — Pierreux ?

BOHORT — Oui enfin, en pierres, quoi…

ARTHUR *(OFF)* — Quel genre ?

BOHORT — Écoutez, Sire, c'est pas tellement la peine d'y passer la nuit ! Il y a un angle — un virage, si vous préférez — donc ça tourne, et après c'est exactement ce qu'on a parcouru jusqu'à maintenant et ça continue jusqu'à perte de vue.

ARTHUR *(OFF)* — Pas d'ennemis ?

BOHORT — Comment voulez-vous que je le sache, je n'arrive pas à distinguer mes propres bottes !

ARTHUR *(OFF)* — Vous venez de dire que ça continuait jusqu'à perte de vue !

BOHORT — Jusqu'à perte de vue, oui ! Parfaitement. À deux pieds devant moi, vous m'en voyez navré, c'est à perte de vue !

ARTHUR *(OFF)* — Vous vous foutez de moi, non ? Et quand vous dites qu'il y a pas d'ennemis ?

BOHORT — Il n'y a pas d'ennemis à deux pieds devant moi, en tout cas. Après, c'est hors de mes compétences !

ARTHUR arrive.

ARTHUR — Ah ouais.

BOHORT — On a beau dire, c'est quand même sombre.

ARTHUR *(vers le couloir)* — Beau-père, pointez-vous !

BOHORT — Allez, on continue ! Restez bien derrière moi, mes braves compagnons ! Je passe devant car je suis éclaireur ! Et que Dieu nous ait en Sa Sainte Garde !

Il s'avance dans le noir.

4. INT. SALLE DU TRÔNE – NUIT

Les trois hommes, croyant toujours suivre leur piste, se dirigent vers la salle du Trône, y accédant bientôt par un couloir.

BOHORT *(OFF)* — Sire, il me semble que je vois une lueur !

LÉODAGAN *(OFF)* — Vous pouvez pas la boucler ?

ARTHUR *(OFF)* — Avancez, vous raconterez votre vie plus tard !

BOHORT *(OFF)* — Une ouverture, Sire ! On dirait un genre de porte !

LÉODAGAN *(OFF)* — Un genre de porte ?

ARTHUR *(OFF)* — Une porte, vous voulez dire ?

BOHORT *(OFF)* — Qu'est-ce que je fais, je l'ouvre ?

ARTHUR *(OFF)* — À moins que vous préfériez refaire les trois bornes dans l'autre sens ?

La porte s'ouvre. BOHORT entre. ARTHUR et LÉODAGAN sont restés en retrait.

LÉODAGAN — Alors ? Qu'est-ce que vous voyez ?

BOHORT *(émerveillé)* — Oh, Sire ! C'est magnifique ! Nous sommes dans un palais !

ARTHUR — Un palais ?

LÉODAGAN — Bah merde, alors…

BOHORT — Et là, au fond, un trône ! À quel légendaire souverain a-t-il pu appartenir ?

ARTHUR arrive dans la pièce et scrute tout autour de lui.

ARTHUR — C'est le mien.

BOHORT — Comment ?

LÉODAGAN *(OFF)* — Quoi ?

ARTHUR — C'est mon trône. On est à Kaamelott, là. C'est la salle du Trône.

BOHORT observe la pièce pour vérifier qu'il s'agit bien de Kaamelott. LÉODAGAN arrive et fait de même.

Léodagan — Eh ben, la prochaine fois que vous irez chercher le Graal, ça sera sans moi.

FERMETURE

5. INT. SALLE DU TRÔNE – NUIT

Arthur s'est installé sur son trône. À ses côtés, Léodagan et Bohort se sont également assis. Ils ont allumé des bougies et mangent un morceau.

Arthur — Ah non mais vous parlez d'une piste à la con !

Bohort — Et si cela signifiait que le Graal est en fait dans les murs de Kaamelott ?

Léodagan — Non mais vous êtes louf, non ?

Bohort — Quelle ironie ! Nous aurions été chercher au bout du monde ce qui serait en fait sous notre nez !

Arthur — « Chercher au bout du monde… » ? Eh ben, vous manquez pas de souffle !

Léodagan — Bah quoi, on cherche ! La preuve !

NOIR

Arthur *(over)* — Ouais, on a fait trois bornes. Me parlez pas de bout du monde.

29
Les Mauvaises Graines

A. ASTIER

3 CORS

1. INT. TAVERNE – JOUR

LE TAVERNIER est venu servir un verre à PERCEVAL et KARADOC, assis à une table.

LE TAVERNIER — Au fait, vous êtes au courant pour la peinture ?

KARADOC — Quelle peinture ?

LE TAVERNIER — Ils cherchent deux gars qui auraient écrit « MORT AU ROI » sur un mur avec de la peinture. Ils sont sur les dents, ils interrogent tout le monde.

PERCEVAL — Non mais nous, ils nous emmerderont pas.

LE TAVERNIER — Pourquoi pas ?

KARADOC *(fier)* — On sait pas écrire, nous. On est peinards !

PERCEVAL — In-soup-çon-nables !

OUVERTURE

2. INT. GEÔLES - JOUR

Lancelot vient de placer Yvain et Gauvain en détention.

Lancelot — « MORT AU ROI » ?

Gauvain — Mais nous, on voulait pas écrire ça !

Yvain — Pas du tout !

Lancelot — Qu'est-ce que vous vouliez écrire ?

Gauvain — Mais on voulait rien écrire du tout ! On s'est fait embringuer par d'autres !

Lancelot — Vous vous rendez compte de la gravité de votre geste ? Écrire « MORT AU ROI » sur un mur du village !

Gauvain — Mais c'est les autres qui nous ont poussés !

Yvain — Nous, on voulait juste faire partie du groupe !

Lancelot — « MORT AU ROI »... Je vous rappelle — au cas où vous l'auriez oublié — que vous êtes des Chevaliers de la Table Ronde ! Que vous, Gauvain, êtes le neveu du Roi et vous, Yvain, son beau-frère !

Gauvain — Mais nous adorons notre Roi, Seigneur Lancelot ! La question n'est pas là !

Yvain — Il fallait que ça fasse un peu classe, un peu rebelle...

Gauvain — Si j'avais écrit : « VIVE LE ROI ARTHUR, LE PLUS CHIC DES TONTONS », ça n'aurait pas eu le même effet !

3. INT. GEÔLES - JOUR

Léodagan est venu visiter Gauvain et Yvain, enfermés dans la geôle.

GAUVAIN — On était à la taverne, bien tranquilles. On faisait de mal à personne.

YVAIN — Et puis on s'est fait accoster par des jeunes...

LÉODAGAN — Des jeunes... Quel genre de jeunes ?

GAUVAIN — Mauvais genre, Sire Léodagan.

YVAIN — Ils étaient très mal peignés, père, et ils se promenaient avec des chiens qui puent.

LÉODAGAN — C'est des clodos ! Comment ça se fait que le tavernier les ait laissé entrer ?

GAUVAIN — Au début, il a bien protesté mais ils étaient beaucoup et le brave homme ne s'est pas ressenti de leur chercher des crosses.

YVAIN — Et puis il avait déjà bien assez à faire avec la clientèle de son négoce.

LÉODAGAN — Et donc, ces jeunes sont venus vous emmerder.

GAUVAIN — Ils ont commencé par nous traiter de bourgeois.

YVAIN — J'étais tellement en colère d'entendre ça que je leur ai lancé un de ces regards ! Ils ne sont pas venus chercher la monnaie de leur pièce !

GAUVAIN — Et après, ils nous ont pris en affection. Ils ont payé nos consommations...

YVAIN — ... avec l'argent des bourses qu'ils nous avaient dérobées...

GAUVAIN — Oui, et puis ils nous ont emmenés au village...

LÉODAGAN — Et là, ils vous ont demandé d'aller écrire « MORT AU ROI » sur un mur et vous l'avez fait.

GAUVAIN — On ne voulait pas faire les rabat-joie !

YVAIN — C'était une manière de s'intégrer au groupe.

LÉODAGAN — Et puis vous vous êtes fait pincer et pas eux.

YVAIN — Ils ont réussi à fuir avant l'intervention des forces de l'ordre.

LÉODAGAN — Comment je vais les retrouver, ceux-là, maintenant ?

YVAIN — Ce serait peut-être plus facile de retrouver un des chiens qui puent ?

4. INT. CHAMBRE DE LÉODAGAN – SOIR

LÉODAGAN et SÉLI sont au lit.

SÉLI — Vous les avez tous attrapés ?

LÉODAGAN — Jusqu'au dernier ! Il nous en manquait un mais les autres avaient tellement la trouille qu'ils l'ont balancé en moins de deux.

SÉLI — Qu'est-ce qui vous fait croire qu'ils vont pas aller dire à tout le monde qu'ils étaient avec notre fils ?

LÉODAGAN — Soyez tranquille, ils vont pas dire grand-chose.

SÉLI — Vous avez pas été trop sec, au moins ?

LÉODAGAN — Comment ça « trop sec » ?

SÉLI — Bah oui. Ils ont fait une connerie mais… c'est des mômes !

LÉODAGAN — Bah… Je les ai vendus, moi !

SÉLI — Vendus ?

LÉODAGAN — Bah oui, tous ! Venec m'a fait un prix pour le lot ! Il a embarqué le tout : merci mon chien !

SÉLI — Mais où il les a embarqués ?

LÉODAGAN — Qu'est-ce que j'en sais, moi ? Peut-être à Rome pour les jeux du cirque…

SÉLI — Mais enfin, vous êtes pas bien !

LÉODAGAN — Il fallait me dire, aussi ! Comment je peux savoir, moi ?

SÉLI — Combien il y en avait ?

LÉODAGAN — Seize.

SÉLI — Seize !

LÉODAGAN — Vous me dites : « Faites gaffe qu'ils aillent pas raconter partout que notre fils est un vaurien ! »

SÉLI — Bah oui, faites gaffe ! C'est tout ce que j'ai dit ! J'ai dit de faire gaffe !

LÉODAGAN — Eh ben j'ai fait gaffe.

FERMETURE

5. INT. TAVERNE – JOUR

LE TAVERNIER discute avec PERCEVAL et KARADOC, attablés.

LE TAVERNIER — Ça y est, ils les ont chopés, les mecs de la peinture.

PERCEVAL — Alors, c'était qui ?

LE TAVERNIER — Des jeunes… Des petits cons, quoi.

KARADOC *(inquiet)* — Les mômes, maintenant, moi, je les vois mal barrés. Stabilité familiale, éducation…

PERCEVAL — Ils commencent par apprendre à lire, comme ils savent pas s'arrêter, crac ! Ils apprennent à écrire et voilà.

NOIR

KARADOC *(OVER)* — La pente fatale.

30
La Garde Royale

A. Astier

3 CORS

1. INT. SALLE DU TRÔNE – JOUR

Arthur et Père Blaise attendent la prochaine doléance.

Arthur — C'est quoi, la prochaine doléance ?

Père Blaise — Le Seigneur Perceval.

Arthur — Quoi ? Mais bon Dieu, ça fait quinze fois que je lui dis qu'il a pas à venir se plaindre aux doléances du peuple !

Père Blaise — Il dit que si c'est pas ici, il sait pas où aller se plaindre.

Arthur *(très en colère)* — Il a pas à se plaindre, ni ici, ni ailleurs ! Il va juste bien se faire voir !

OUVERTURE

2. INT. SALLE DU TRÔNE – JOUR

Perceval est venu s'adresser au Roi et à Père Blaise, accompagné de cinq hommes en tenue de paysan.

ARTHUR *(discrètement à Père Blaise)* — Qu'est-ce que c'est que cette équipe ?

PÈRE BLAISE signifie qu'il n'en sait rien.

PÈRE BLAISE *(à Perceval)* — Vous avez demandé audience ?

PERCEVAL — Ben ouais, parce que je reviens de chez moi, là. J'étais parti quinze jours à la ferme de mes vieux...

PÈRE BLAISE — Et alors ?

PERCEVAL — Ben, je suis tombé pendant la visite de mes cousins des îles.

ARTHUR — Vos cousins des îles ?

PERCEVAL — Ils viennent voir mes parents une fois tous les deux-trois ans, à peu près.

PÈRE BLAISE *(désignant les hommes derrière Perceval)* — C'est eux, là ?

PERCEVAL — Ouais. Non, parce qu'en fait, je me suis fait jeté par ma mère comme quoi mes cousins, c'est plus ou moins des clodos, et que je pourrais quand même faire quelque chose, rapport à mes responsabilités à Kaamelott, et cætera.

ARTHUR — Parce que c'est des clodos ?

PERCEVAL — Des clodos... C'est ma mère qui dit ça. Moi, je trouve pas qu'ils fassent spécialement clodos mais... *(discrètement)* Non, par contre, ils sont super cons.

3. INT. SALLE DU TRÔNE – JOUR

PERCEVAL s'est lancé dans les présentations.

PERCEVAL *(désignant tour à tour chacun de ses cousins)* — Alors là, vous avez Ashton, là, c'est Rudzz, lui, c'est Pyrs, l'autre derrière, c'est Pyrs aussi — j'ai jamais compris pourquoi — et puis lui, je crois qu'il a pas de prénom mais tout le monde l'appelle « connard ».

Arthur et Père Blaise se regardent.

Arthur — Non mais, c'est bien gentil tout ça mais…

Père Blaise *(à Perceval)* — Oui, en quoi est-ce que Kaamelott peut vous être utile ?

Perceval — Ben en fait, moi, je suis un peu coincé… Je suis censé leur trouver un poste.

Père Blaise — Un poste à Kaamelott ?

Arthur — Eh ben mon vieux, vous doutez de rien !

Perceval — C'est pas moi spécialement, je vous ai dit, c'est ma mère…

Arthur — Mais votre mère… Qu'est-ce que vous voulez que ça nous foute ?

Père Blaise — Si on se met à récupérer les cousins clodos de tout le monde, on risque pas de s'en sortir !

Perceval — Non mais j'ai une super idée !

Arthur — On est pas là pour filer du boulot à tous les glandus du pays !

Père Blaise — En plus, les caisses sont vides ! Moi, s'il faut dégager de la solde, je suis coincé.

Perceval — Non, non mais on les paye pas ! Attendez, ils sont déjà bien contents de bouffer tous les jours !

Arthur et Père Blaise se concertent du regard.

Père Blaise *(à Perceval)* — Qu'est-ce que c'est, votre idée, au juste ?

Perceval — Ben voilà. J'ai remarqué une chose, Sire : vous avez pas de Garde Royale.

ARTHUR *(méfiant)* — Qu'est-ce que vous appelez une « Garde Royale » ?

PERCEVAL — Ben une troupe d'élite qui s'occupe que de votre sécurité.

PÈRE BLAISE — Parce que vous voulez faire une troupe d'élite avec vos cousins débiles ?

PERCEVAL — Mais ils sont super, j'ai déjà commencé à les former ! *(aux cousins)* Garde-à-vous !

Les cousins partent en courant et sortent de la salle. PERCEVAL lance un regard gêné en direction du trône.

4. EXT. FORÊT – JOUR

ARTHUR et LANCELOT se préparent à partir. ARTHUR rengaine Excalibur.

ARTHUR — Bon, on y va.

PERCEVAL arrive avec ses cousins, toujours en habits de gueux.

PERCEVAL *(à ses cousins)* — Allez, magnez-vous. Essayez de faire un rang à peu près d'équerre.

PERCEVAL place ses cousins derrière le Roi.

LANCELOT *(agacé, à Perceval)* — On part en mission de protocole ! On n'a pas bien le temps pour les imbécillités !

PERCEVAL — Non mais c'est bon, ils sont prêts.

ARTHUR — Ah oui, ils ont l'air. Et puis, il y a pas à dire, les costards de la Garde Royale, ça a drôlement de la gueule !

PERCEVAL — Ils sont pas finis de coudre, les costards ! C'est quand même pas ma faute !

LANCELOT *(énervé)* — Mais qu'est-ce que vous voulez qu'on en foute, de vos peigne-culs ?

PERCEVAL — Je vous ai déjà expliqué : c'est ma mère qui me fait chier…

ARTHUR — Mais elle a qu'à les embaucher elle-même, votre mère !

PERCEVAL — Elle peut pas, ils sont pas capables de tenir une bêche sans se faire mal !

LANCELOT — Et vous nous les fourguez en Garde Royale ?

PERCEVAL — Non mais par contre, ils ont pigé le coup, pour les manœuvres. *(aux cousins)* Garde-à-vous !

Les cousins partent en courant.

PERCEVAL — Ho !

Il ramasse un gourdin par terre et se lance à leur poursuite.

FERMETURE

5. EXT. FORÊT – JOUR

ARTHUR et LANCELOT avancent, suivis de près par la Garde Royale. ARTHUR perd patience et se retourne vers les cousins, au bord de la crise de nerfs.

ARTHUR *(à la Garde Royale)* — Bon, cassez-vous. Cassez-vous. Sans déconner, je vous défonce.

LANCELOT — Sire…

ARTHUR — Non, non mais j'en peux plus, là. *(à la Garde, ramassant une pierre)* Tirez-vous ou je vous caillasse la tête !

Au loin, PERCEVAL appelle.

PERCEVAL *(OFF)* — Sire !

NOIR

PERCEVAL *(OVER)* — Si vous voulez les disperser, faut dire « garde-à-vous » !

31
L'Ivresse

A. Astier

3 CORS

1. EXT. FORÊT – JOUR

Léodagan arrive en trombe près de Lancelot, resté sous la tente.

Léodagan — Mais qu'est-ce vous bricolez ? Ça fait une heure que je vous fais sonner ! Vous avez pas entendu la corne ?

Lancelot — Si mais je peux pas venir.

Léodagan — Mais pourquoi ?

Lancelot — Parce que j'ai un petit peu picolé.

Léodagan — Quoi ? Mais les Vandales seront là dans un quart d'heure !

Lancelot — Ça va, je picole pas souvent !

OUVERTURE

2. INT. SALLE DE LA TABLE RONDE – JOUR

Lancelot, Père Blaise et Bohort sont en réunion. Tout en discutant, ils boivent un verre. Bohort s'est laissé surprendre par l'effet du vin.

Lancelot *(énervé)* — Mais enfin, qu'est-ce qui s'est passé ? On s'était mis d'accord pour une trêve et maintenant, c'est plus possible ?

Père Blaise *(se resservant)* — D'après le message, tous les membres du conseil saxon étaient pour, sauf un. Un général.

Lancelot — Mais de quoi il s'occupe, celui-là ?

Père Blaise *(à Bohort)* — Je vous ressers ?

Bohort *(ivre)* — C'est pas de refus.

Lancelot — Allez-y mollo, quand même, Bohort. Vous avez pas l'habitude.

Bohort — Mais je suis pas saoul !

Père Blaise *(à Lancelot)* — Il peut bien boire un petit verre !

Lancelot — Faites comme vous voulez.

Bohort *(à lui-même)* — Je veux, oui…

Lancelot — Qu'est-ce qu'on fait pour la trêve ?

Père Blaise — Qu'est-ce que vous voulez qu'on fasse ? Ils veulent pas, ils veulent pas !

Bohort — On a son nom, à ce général ?

Père Blaise — Oui, pourquoi ?

Bohort — Moi, je crois qu'il faut pas se laisser impressionner par un général !

Lancelot — C'est-à-dire ?

Bohort — Moi, vous m'organisez une rencontre — genre protocole, voyez ? —, j'arrive là-bas, je lui défonce sa tête.

3. INT. SALLE À MANGER – JOUR

Léodagan, Séli, Guenièvre et le Maître d'Armes déjeunent.

LE MAÎTRE D'ARMES — Je vous remercie de m'accueillir à votre table, Sire Léodagan.

LÉODAGAN *(ivre)* — Moi, j'y suis pour rien, c'est une idée de ma femme.

SÉLI — Ah bah bien ! *(au Maître d'Armes)* Excusez-le, il est rond comme une boule.

LÉODAGAN *(outré)* — Quoi ?

SÉLI — Quoi « quoi » ? C'est pas vrai ?

LÉODAGAN — Si.

SÉLI *(au Maître d'Armes)* — De toute façon, vous alliez pas manger tout seul dans la salle d'entraînement, Maître d'Armes !

LE MAÎTRE D'ARMES — Grand merci, Dame Séli.

GUENIÈVRE *(ivre)* — J'avais jamais remarqué que vous aviez les yeux bleus, Maître d'Armes…

LE MAÎTRE D'ARMES — C'est sûrement parce qu'ils sont marron…

SÉLI *(à Guenièvre)* — Mais vous êtes beurrée, vous aussi ?

GUENIÈVRE — Mais absolument pas ! J'ai bu trois ou quatre verres, voilà !

LÉODAGAN — C'est pas pour prendre la défense de la petite mais faut reconnaître qu'il tabasse, le rouquin, aujourd'hui !

LE MAÎTRE D'ARMES — Moi, je ne bois jamais. Dans ma branche, c'est une règle : santé, sobriété.

LÉODAGAN — Eh ben on doit bien se marrer, dans votre branche !

LE MAÎTRE D'ARMES — Ça nous arrive, oui.

LÉODAGAN — Je pense bien. Vous m'avez l'air sacrément festif !

LE MAÎTRE D'ARMES — Vous apprendrez qu'il m'est arrivé de boire, Seigneur Léodagan. Et occasionnellement, de me démonter la tête à plus retrouver le chemin de la maison !

LÉODAGAN — Moi, une fois, j'étais tellement raide, j'avais l'impression de me faire attaquer de tous les côtés, je me défendais, je me défendais… En fait, j'étais dans un pâturage, j'ai tué soixante-seize chèvres.

SÉLI — Ah, il y a de quoi flamber, c'est sûr !

LÉODAGAN — J'évoque…

LE MAÎTRE D'ARMES — Moi, une fois, j'étais saoul comme cochon, je me suis fait tatouer « j'aime le raisin de table » sur la miche droite !

LÉODAGAN et LE MAÎTRE D'ARMES rient.

GUENIÈVRE — Moi, une fois, j'ai pissé par la fenêtre…

4. INT. SALLE DU TRÔNE – NUIT

ARTHUR, ivre mort, arpente la salle du Trône, une bouteille à la main.

ARTHUR *(chantant)* — *« Belle qui tient ma vie,*
Captive dans tes yeux,
Qui m'a l'âme… ravie… »

(regardant autour de lui) On y voit comme à travers une pelle, là-dedans… *(à la cantonade)* Hé, lumière ! *(à lui-même)* Bande de fainéants ! Ça, pour roupiller, vous êtes fortiches… Les Chevaliers de la Table

Ronde… *(hurlant)* Chevaliers de mes deux ! *(s'inventant un ennemi)* Je suis pas le Roi, moi ? C'est pas moi, le Roi ? *(dégainant Excalibur)* Et ça, c'est du nougat ? Tout seul, je vais le chercher, le Graal ! La vie éternelle, c'est pour bibi ! Et vous, vous irez vous gratter !

FERMETURE

5. INT. TAVERNE – SOIR

À une table, PERCEVAL — qui somnole la tête sur la table — et KARADOC sont ivres morts.

KARADOC — Hé… Ho… Je crois qu'on a un peu chargé la mule, ce coup-là…

PERCEVAL ne se réveille pas.

KARADOC — Allez, essayez de vous lever, on va pas coucher là !

PERCEVAL reste inerte. KARADOC renonce. Soudain, PERCEVAL se réveille en furie.

PERCEVAL *(hurlant)* — Pays de Galles indépendant !

NOIR

PERCEVAL *(OVER)* — J'ai un pivert dans la tête, là…

32
Mater Dixit

L. Astier

3 CORS

1. EXT. FORÊT – JOUR

Léodagan et Lancelot étudient une carte.

Lancelot — Il m'inquiète, le Roi, aujourd'hui.

Léodagan — Vous voulez dire, plus que d'habitude ?

Lancelot — Non, mais sa santé… Vous l'avez vu ce matin ? Il a une tête à faire peur !

Léodagan — Une tête à faire peur ?

Lancelot *(sans comprendre)* — Oui… Une tête à faire peur.

Léodagan — On peut s'en servir pour coller les miquettes aux Barbares ou pas ?

OUVERTURE

2. EXT. FORÊT – JOUR

ARTHUR est très enrhumé, quasi groggy.

ARTHUR — Non, mais c'est bon, j'ai ça chaque hiver depuis que je suis petit. J'ai l'habitude. Ça me fout un peu à plat, c'est tout.

LÉODAGAN — Ce qui compte, c'est d'avoir l'esprit clair.

ARTHUR — Tout à fait. Je vais déjà retirer mon heaume.

LÉODAGAN — Quel heaume ?

ARTHUR *(touchant son crâne)* — Ah, c'est marrant, je vous entendais comme à travers un heaume…

LÉODAGAN — Ah, bon ? Si vous me dites que vous me voyez à travers une cotte de maille, je vous préviens que je vous rapatrie à Kaamelott séance tenante, moi.

LANCELOT arrive avec une fiole à la main.

LANCELOT — Sire, Dame Ygerne, vous demande de prendre ça en toute urgence !

ARTHUR — Ma mère ! Mais… qu'est-ce que c'est, ce machin ?

LANCELOT — Une solution à base de soufre à diluer dans l'eau chaude et à respirer.

ARTHUR — Ah, non ! C'est un truc qu'elle m'envoyait déjà quand j'étais gosse, c'est immonde !

LÉODAGAN — Oui bah si c'est efficace, vous allez pas faire votre fillette !

ARTHUR — C'est efficace, mais c'est dégueu ! Et puis comment est-ce que ma mère a pu savoir que j'étais dans le cirage ?

LÉODAGAN — Bah, si vous dites que c'est chaque hiver depuis trente ans, elle a dû finir par piger le truc !

ARTHUR — Bon, bah, allez. Vous remercierez ma mère par retour du messager et vous rajouterez toute mon affection.

LANCELOT — Ben, vous la rajouterez vous-même. Il y a pas de messager, elle l'a apporté en personne. Elle attend à l'entrée du camp.

3. EXT. FORÊT - JOUR

YGERNE prépare une mixture fumante.

YGERNE — Vous partez en campagne l'hiver, maintenant ? Vous vous moquez du monde ?

ARTHUR — Écoutez, mère, c'est pas le moment…

YGERNE — C'est vous qui écoutez ! Bien que ne vous ayant pas élevé, pourquoi, selon vous, ai-je tout de même pris la peine — chaque été et pendant toute votre jeunesse — de vous faire envoyer dans le sud de la Gaule respirer les eaux sulfureuses ?

ARTHUR — Attendez, on est à moins d'une heure du début de la bataille, là ! Les Chefs de guerre attendent !

YGERNE — Eh bien ils attendront ! Vous avez vu votre tête ? Tenez, collez votre nez là-dessus un bon quart d'heure et respirez à fond ! Une narine après l'autre, hein ! Et je vous préviens, ne faites pas semblant, vous savez que je le vois.

ARTHUR — La vache, j'avais oublié à quel point ça schlinguait, ce machin.

YGERNE — Il vous a été dit et répété que vous deviez passer des hivers tranquilles, au chaud, en vous autorisant des promenades par temps sec et ensoleillé.

LÉODAGAN — Des promenades ?

LANCELOT — Sire, le temps presse. Excusez-moi, Dame Ygerne…

YGERNE *(à Lancelot)* — Allez voir plus loin, vous.

LANCELOT — Mais, Sire…

ARTHUR — Attendez, il a raison, ils attendent mes directives…

YGERNE — Ne vous avisez pas de lever le nez de cette écuelle, vous n'arrêterez que quand vous sentirez que ça pique.

ARTHUR *(repoussant l'écuelle)* — Non seulement ça pique, mais c'est la gerbe ! Ah non, c'est pas possible !

YGERNE — Arthur ! J'ai dit un quart d'heure !

ARTHUR — Ah non, vous avez dit quand ça pique.

YGERNE *(lui remettant l'écuelle sous le nez)* — C'est moi qui dis quand ça pique. C'est ça ou je vous ramène chez moi à Tintagel et vous y restez jusqu'aux premiers pollens.

LÉODAGAN — Sans indiscrétion, Dame Ygerne, on peut vous demander comment vous avez fait pour traverser les lignes ennemies sans vous faire repérer ?

YGERNE — Je suis venue avec Dame Clodoric.

LANCELOT — Clodoric ? C'est le nom du Chef barbare, non ?

ARTHUR — Vous êtes venue avec sa femme ?

YGERNE — Non, avec sa mère. Vous ne vous souvenez peut-être pas, mais Clodoric suivait les mêmes cures que vous, dans son enfance. Un petit rouquin avec des tresses, tout chétif…

ARTHUR — Maintenant que vous le dites…

LÉODAGAN — Sauf que si c'est bien lui, rouquin, il l'est toujours, mais chétif, beaucoup moins.

ARTHUR — Ça, faut admettre…

LANCELOT — Il fait cinq pieds de haut et doit peser ses cinq cents livres.

YGERNE — Ça prouve qu'il a fini par écouter sa mère.

4. EXT. FORÊT – JOUR

ARTHUR va visiblement mieux.

LÉODAGAN — Ça va mieux ?

ARTHUR — Prévenez les hommes, on donne l'assaut dans une heure.

YGERNE — Ça m'étonnerait beaucoup ! Dans une heure, vous avez une autre séance de solution soufrée et, en attendant, allez vous allonger. Votre emplâtre à la rhubarbe et à la menthe sera bientôt chaud.

ARTHUR — Je vous assure que je vais beaucoup mieux, mère, grâce à vous d'ailleurs, mais là... On peut pas prendre le risque que les Barbares chargent les premiers.

YGERNE — D'une part, les Barbares ne bougeront pas. D'autre part, c'est moi qui sais comment vous allez. Je ne vous empêche pas de faire la guerre, mais vous la ferez guéri.

LANCELOT — Comment savez-vous que les Barbares ne bougeront pas ?

YGERNE — Ils vous ont envoyé des signaux ?

LÉODAGAN — Quels genres de signaux ?

YGERNE — Deux drapeaux rouges en croix, deux drapeaux blancs en « V », répété trois fois ?

LANCELOT — Non, les guetteurs n'ont rien signalé.

LÉODAGAN — C'est pas des signaux de guerre, ça... *(à Arthur)* Vous savez ce que ça veut dire, vous ?

YGERNE — Ça voudra dire que Dame Clodoric m'informe qu'elle autorise son barbare de fils à sortir se battre.

ARTHUR — Je dois au moins aller jusqu'à la colline de commandement, il faut que les hommes me voient, ils se posent des questions !

LANCELOT — Ah oui, ils sont inquiets, là.

YGERNE — Bon, mais pas plus de dix minutes, et venez ici que je vous couvre.

FERMETURE

5. EXT. COLLINE DE COMMANDEMENT – JOUR

ARTHUR est en armure aux côtés de LANCELOT et LÉODAGAN mais ridiculement emmitouflé avec bonnet, écharpe et couverture.

LÉODAGAN — Je me demande jusqu'à quel point il était bon que les hommes vous voient comme ça, Sire…

ARTHUR — Bon bah, tout à l'air calme, je vais rentrer, moi.

LANCELOT — Vous avez le temps, elle vous a dit dix minutes.

ARTHUR — Ouais, mais là, elle me prépare du lait de chèvre au miel, aux épices et à la sarriette… Ça, c'est bon, ça.

NOIR

LÉODAGAN *(OVER)* — Avec des tartines ?

33
Spiritueux

A. Astier

3 CORS

1. INT. SALLE À MANGER – JOUR

Arthur, Léodagan, Séli et Yvain sont à table. Tous sont concentrés sur leur repas. Séli sert du vin à Arthur qui en boit une gorgée. Il est surpris par l'extrême mauvais goût de ce qu'il vient d'avaler.

Arthur *(écœuré)* — Mais qu'est-ce que c'est que ce picrate ?

Séli — On a changé de fournisseur.

Arthur — Ah bah, ça valait le coup !

Léodagan goûte à son tour et recrache son vin dans son assiette.

Léodagan — Non mais c'est une blague ?

Yvain — À mon avis, on va rechanger de fournisseur.

OUVERTURE

2. INT. SALLE DE LA TABLE RONDE – JOUR

Trois paysans sont assis en face d'Arthur : Guethenoc, Roparzh et Belt. Tous les trois sont venus avec de nombreuses bouteilles.

Guethenoc — Ce que vous voulez pas admettre, Sire, c'est qu'on se trouve devant une véritable crise paysanne !

Arthur — Oh non, commencez pas avec vos crises paysannes, s'il vous plaît ! On est là pour parler du vin. Jusque-là, il était bon…

Guethenoc — Évidemment, il venait de Rome !

Roparzh — Au prix que vous le touchez, il peut être bon !

Belt — Il me semble que c'est quand même le minimum de s'intéresser aussi aux petites exploitations locales…

Arthur — Mais je veux bien m'intéresser à ce que vous voulez mais le pinard est immonde !

Roparzh — Il est pas immonde, Sire ! Il faut arrêter de jouer les fines bouches !

Guethenoc — Il y a des très bonnes choses ! Seulement il faut y mettre un peu du sien, aussi !

Belt — Vous avez pas pris le temps de vous habituer au fruit.

Guethenoc — On n'a pas le même soleil qu'à Rome, nous ! Ici, le raisin, il vient un peu plus acide…

Roparzh — Il est un poil plus âcre, aussi…

Guethenoc — Plus âcre ou plus âpre ?

Roparzh — Non, âcre…

Guethenoc — J'aurais dit âpre, moi…

BELT — De toute façon, il est âcre et âpre. Il faut être honnête.

3. INT. SALLE DE LA TABLE RONDE – JOUR

Les hommes ont commencé à goûter les bouteilles. Ils sont légèrement éméchés.

ARTHUR *(s'apprêtant à boire une coupe)* — C'est lequel, celui-là ?

ROPARZH — Ça, c'est le mien ! C'est ma cuvée de l'an passé…

BELT — Non, c'est le mien ! Le vôtre, on l'a déjà goûté trois fois ! On a failli dégobiller !

ROPARZH — Mais non !

ARTHUR — Si, c'est pas celui où j'ai dit « on dirait de la pisse » ?

ROPARZH — Sire, c'est une conspiration, là !

GUETHENOC *(à Roparzh)* — Non mais quand même… On vient là pour essayer de montrer quelque chose de sérieux, vous arrivez avec du jus de pieds ! Faut peut-être pas exagérer !

ROPARZH — C'est ma cuvée de cette année ! Il est un peu jeune mais il est fait avec amour !

BELT *(soudain très énervé)* — Mais c'est de la merde ! Sire, on est obligés de perdre du temps avec tous les pignoufs de la région qui se prennent pour des exploitants ?

ROPARZH — De quoi ?

GUETHENOC *(à Roparzh)* — Eh bah celle-là, vous l'avez pas volée !

ARTHUR — Ho hé, vous arrêtez de gueuler, s'il vous plaît ?

BELT — Sire, celui-là que vous avez dans les mains, ça vient de mes coteaux. En toute franchise, qu'est-ce que vous en pensez ?

ARTHUR *(désignant sa coupe)* — Celui-là, là ?

BELT — Celui-là ! C'est pas une merveille ?

ARTHUR — Ah non, il est dégueu, celui-là.

BELT — Quoi ?

GUETHENOC — Vous avez raison, Sire ! Il y a que le mien qui fait l'affaire ! Parce que le raisin, ça suffit pas ! Il faut le coup de patte !

BELT *(à Guethenoc, le menaçant d'une gifle)* — Et celui-là, de coup patte ? Il vous intéresse ?

ROPARZH — Il y a quand même des pains dans la gueule dans l'air, là ! Méfiez-vous !

ARTHUR — Bon mais c'est lequel le vôtre, Guethenoc ?

GUETHENOC — Celui pile devant vous.

ARTHUR — Mais je l'ai pas déjà goûté, celui-là aussi ?

BELT — Mais vous les avez tous goûtés, de toute façon.

ARTHUR — Eh ben, c'est bon ! Il y en a pas un pour racheter l'autre, c'est de la merde, merci messieurs.

Les paysans se regardent.

BELT — Vous voulez pas regoûter pour être sûr ?

4. INT. SALLE DE LA TABLE RONDE – JOUR

BELT est venu s'asseoir à côté du Roi. KARADOC, attiré par les vapeurs d'alcool, est venu se joindre à GUETHENOC et ROPARZH. Tous sont ivres morts.

ARTHUR ET BELT *(chantant)* —

> *« Approche donc ma belle,*
> *Approche-toi mon bien.*
> *Ne me sois plus rebelle*
> *Puisque ton cœur est mien.*
> *Pour mon mal apaiser,*
> *Donne-moi un baiser. »*

Les trois autres applaudissent.

GUETHENOC — À la santé des viticulteurs de Bretagne !

Tous finissent leur coupe cul-sec.

ROPARZH *(à Karadoc)* — Seigneur Karadoc, vous qui êtes objectif, qu'est-ce que vous pensez de celui-là ? *(aux autres)* Dites rien, les autres !

KARADOC — C'est de la merde.

ARTHUR, GUETHENOC et BELT applaudissent.

GUETHENOC — Bravo, Seigneur Karadoc ! Vous, vous êtes un homme de goût !

KARADOC — Le vôtre aussi, c'est de la merde.

GUETHENOC — Quoi ?

BELT *(ému aux larmes)* — Sire… Vous êtes quand même un sacré Souverain ! Accueillir des péquenauds qui sentent la bouse comme ça dans votre chapeau, eh ben moi, je dis château.

GUETHENOC *(pleurant aussi)* — Et puis, nous acheter notre vin, vu la merde que c'est, eh ben là, il y a un beau geste.

BELT *(tentant de se reprendre)* — Allez… On boit un coup à notre Souverain.

ROPARZH — Notre Souverain-rain-rain !

Tous partent dans une inextinguible crise de fou rire. KARADOC vomit.

FERMETURE

5. INT. SALLE DE LA TABLE RONDE – JOUR

KARADOC et ROPARZH sont endormis dans les bras l'un de l'autre. GUETHENOC, à deux doigts de s'évanouir, mange un morceau de pain. BELT et ARTHUR, au bord du coma, échangent quelques mots.

BELT — Le vin romain, c'est tout fait avec des appareils... Nous, *(ému de nouveau)* on foule le fruit avec nos pieds ! *(incapable de prononcer « propre »)* Nos popr pieds... Nos porp pieds...

GUETHENOC — Même que des fois, ça nous fait saigner des pieds... Eh ben, on continue quand même.

ARTHUR — Vous saignez des pieds dans le raisin ? C'est pas un peu dégueu ?

BELT — Je peux vous faire un câlin, Sire ?

GUETHENOC *(hurlant)* — Eh ben et moi ?

NOIR

ARTHUR *(OVER)* — Eh bah, venez tous les deux, vous disputez pas.

34
La Ronde

A. Astier

3 CORS

1. EXT. FORÊT – JOUR

Arthur et Lancelot, en très mauvaise posture, se sont réfugiés derrière un arbre. Ils parlent à voix basse.

Lancelot — Sire…

Arthur — Quoi ?

Lancelot — Quand vous êtes à deux doigts de la mort, comme maintenant… Est-ce que vous pensez à la Reine ?

Arthur — À la Reine ? Pourquoi voulez-vous que je pense à la Reine ? Je suis déjà à moitié crevé, j'ai déjà assez de soucis comme ça, non ?

OUVERTURE

2. INT. COULOIRS – NUIT

Lancelot a accompagné Arthur à la porte de sa chambre. Les hommes, épuisés par leur bataille, parlent à voix basse pour ne pas réveiller Kaamelott.

ARTHUR — Bon… Eh bah, c'est encore pas aujourd'hui qu'on sera morts…

LANCELOT — Vous êtes content ? Ça s'est plutôt bien passé…

ARTHUR — C'est encourageant, en tout cas.

LANCELOT — Honnêtement, là, je crois qu'on tient le bon bout.

ARTHUR — Déjà : énorme progrès sur la synchronisation !

LANCELOT — Non mais ça, je vous avais dit ! Le nouvel instructeur l'a compris tout de suite en arrivant : un gros travail à faire sur les formations, d'une part, sur les routines de charges et puis surtout, sur…

ARTHUR ET LANCELOT — … la synchronisation.

ARTHUR — Toujours quelques petits cafouillages sur la signalétique…

LANCELOT — Vous savez, les systèmes de drapeaux, ça restera toujours la difficulté…

ARTHUR — Parce que là, c'est vrai qu'au moment où ils ont débordé les archers par l'Est…

LANCELOT — C'est sûr qu'ils ont pas compris le code.

ARTHUR — Non, ça… ils comprennent pas le code. Bon ! Seigneur Lancelot, bravo. Je vous dis à bientôt…

LANCELOT — Bonne nuit, Sire. Essayez de vous reposer…

ARTHUR — Alors là, soyez tranquille… Je vais dormir pendant quatre jours d'affilée.

3. INT. CHAMBRE D'ARTHUR – NUIT

Arthur entre dans sa chambre.

Guenièvre — Eh ben quand même ! C'est à cette heure-ci que vous rentrez ?

Arthur *(off)* — Qu'est-ce que ça peut vous foutre ?

Arthur arrive près du lit et découvre que sa femme est en compagnie de Demetra, de Tumet et d'Aziliz.

Guenièvre, Demetra, Tumet et Aziliz — Surprise !

Arthur a un petit sursaut.

Arthur — Qu'est-ce que c'est que cette tisane ?

Guenièvre — Figurez-vous que je m'ennuyais tellement à vous attendre que je suis allée chercher vos maîtresses pour me distraire.

Arthur — Non mais mes maîtresses, c'est moi qu'elles doivent distraire !

Demetra — Non mais nous, ça nous dérange pas !

Tumet — On s'ennuyait un peu, nous aussi.

Aziliz — On se faisait carrément chier, oui !

Guenièvre — Du coup, on est toutes là entre copines ! On papote !

Arthur — Non mais c'est super ! Personnellement, j'ai pas dormi depuis soixante-douze heures. Je vous avoue que si je pouvais pioncer un peu, ça serait pas du luxe.

Demetra — Eh ben venez ! On va bien vous trouver une petite place !

Arthur — Non mais c'est bon, je vais aller me trouver une piaule de libre.

AZILIZ — Oh bah venez, maintenant ! On vous a attendu toute la soirée !

GUENIÈVRE — Non mais c'est vrai, vous exagérez, quand même…

DEMETRA — En plus, on s'est fait du souci !

TUMET — On croyait que vous étiez mort !

ARTHUR — Ah bon ? Eh ben, ça avait pas l'air de vous bouleverser plus que ça !

GUENIÈVRE — Allez, venez vous coucher ! Faites pas votre mauvaise tête !

ARTHUR *(clair)* — Vous me laissez roupiller, hein ! Je vous préviens !

AZILIZ — Mais oui allez, venez !

ARTHUR — Non mais sans blague… Il doit y avoir quarante piaules vides dans ce château et on pionce à cinq dans le même pageot.

DEMETRA — C'est plus convivial !

ARTHUR commence à se déshabiller.

ARTHUR — Tournez-vous.

DEMETRA — Quoi ?

AZILIZ — Non mais vous rigolez, on vous a déjà vu tout nu, je vous ferai remarquer !

ARTHUR — Oui mais pas les quatre ensemble. Là, ça me gêne. Tournez-vous.

4. INT. CHAMBRE D'ARTHUR – NUIT

ARTHUR dort profondément tandis que GUENIÈVRE, DEMETRA, TUMET et AZILIZ chuchotent, assises en tailleur autour de lui.

GUENIÈVRE *(chuchoté)* — À ce moment-là, devinez qui c'est qui arrive dans la grande salle en faisant des mines… *(fort)* Boum !

ARTHUR se réveille en sursaut.

GUENIÈVRE *(fort)* — La Duchesse d'Aquitaine !

Les filles rient entre elles. ARTHUR rit faussement avec elles et s'assombrit aussitôt.

ARTHUR — Merde !

TUMET — Qu'est-ce qui vous prend ?

ARTHUR — Il me prend que ça fait trois fois que vous me réveillez et que je commence à en avoir ras la caisse ! Est-ce que vous allez finir par fermer vos gueules ?

GUENIÈVRE — Ho là là, ça va ! Si on peut plus s'amuser !

ARTHUR — Mais allez vous amuser dans les bois et foutez-moi la paix ! Je vous dis qu'il faut que je dorme !

DEMETRA — J'en connais qui seraient bien contents de se retrouver avec quatre femmes dans leur lit !

ARTHUR — Eh ben si vous en connaissez, allez donc vous vautrer sur leur plumard !

ARTHUR se recouche et retrouve bien vite le sommeil.

GUENIÈVRE *(chuchoté)* — En parlant de plumard, vous savez ce que m'a dit Angharad, ma suivante ? L'autre jour, elle faisait le ménage au quatrième et elle voit sortir un homme et une femme d'une des chambres. Elle n'a pas pu les reconnaître. Mais quand elle est entrée dans la chambre, le lit était complètement cassé.

ARTHUR *(sans se relever)* — Non mais c'est moi, ça.

GUENIÈVRE — C'est vous ?

AZILIZ — Mais avec qui ?

ARTHUR — Une que vous connaissez pas.

FERMETURE

5. INT. COULOIRS - NUIT

ARTHUR et LANCELOT rentrent de bataille au beau milieu de la nuit. LANCELOT salue le Roi qui s'apprête à entrer dans sa chambre. Les hommes parlent bas.

LANCELOT — Encore une bien belle bataille, Sire.

ARTHUR — Ah oui ! Là, vraiment, un réel progrès !

LANCELOT — Bon, le code…

ARTHUR — Voilà, il y a que le code. Là…

LANCELOT — Ça pèche…

ARTHUR — Ça pèche.

LANCELOT — Allez, bonne nuit, Sire.

ARTHUR — Bonne nuit. *(soudain)* Ah non ! Non, je vais pas dans ma chambre…

LANCELOT — Pourquoi donc ?

ARTHUR — Parce qu'à tous les coups, c'est bourré ras-la-gueule de gonzesses.

LANCELOT — Des gonzesses, Sire ?

NOIR

ARTHUR *(OVER)* — Non mais c'est les miennes, il y a pas de problème, mais là, ce soir, non merci.

35
Merlin L'Archaïque

A. Astier

3 CORS

1. EXT. TERRASSE – JOUR

Perceval, au loin, appelle Arthur qui sort du laboratoire de Merlin.

Perceval *(off)* — Sire !

Arthur — C'est vous, Perceval ?

Perceval *(off)* — Permettez-moi de vous souhaiter un joyeux anniversaire !

Arthur — Merci !

Perceval *(off)* — Bonne journée, Sire !

Arthur — C'est pas du tout mon anniversaire !

Perceval *(off)* — Comment ?

Arthur — Non rien, c'est bon ! Cassez-vous !

OUVERTURE

2. INT. CHAMBRE D'ARTHUR – NUIT

Arthur lit un parchemin tandis que Guenièvre est perdue dans ses pensées.

GUENIÈVRE — Vous savez ce que m'a dit Lancelot, tout à l'heure ?

ARTHUR — Seigneur Lancelot.

GUENIÈVRE — Seigneur Lancelot si vous préférez. Il paraît qu'on a loupé l'anniversaire de Dame Mevanwi, la semaine dernière.

ARTHUR — Ah bon ?

GUENIÈVRE — Oui. C'est le Seigneur Karadoc qui est venu s'en plaindre.

ARTHUR — C'est trop bête…

GUENIÈVRE — Bah oui… D'autant qu'on a aussi loupé celui du Seigneur Galessin, cet hiver.

ARTHUR — Ah zut…

GUENIÈVRE — Pour tout vous dire, j'ai peur que les gens finissent par se vexer.

ARTHUR — Bah, ils se vexeront. Qu'est-ce que vous voulez que je vous dise, moi ? J'ai quand même autre chose à glander que de penser aux anniversaires !

GUENIÈVRE — Et si je m'en occupais, moi ? Oh dites oui, dites oui, dites oui !

ARTHUR — Hé ho ! Vous pouvez vous calmer ? À quoi il faut que je dise oui, au juste ?

GUENIÈVRE — Je pourrais commencer par consigner toutes les dates d'anniversaire de tout le monde et puis après, j'organiserais des petites festivités…

ARTHUR — Non mais on va pas faire des noubas à chaque fois qu'un grouillot brûle une bougie, ça va bien !

GUENIÈVRE — À la cour du Roi Hoël, le jour de leur anniversaire, les sujets ont droit de demander une faveur. Excusez-moi mais je trouve ça très classe.

ARTHUR — Il fait ça, le Roi Hoël ?

GUENIÈVRE — Parfaitement. Mais il est réputé pour être généreux, ce qui n'est pas le cas de tout le monde...

ARTHUR réfléchit.

GUENIÈVRE — Allez, je m'occupe de tout ! Dites oui, dites oui, dites oui !

3. INT. LABORATOIRE DE MERLIN – JOUR

LANCELOT — muni de quelques parchemins et une plume — et GUENIÈVRE sont venus rendre visite à MERLIN.

GUENIÈVRE *(joyeuse)* — Avec le Seigneur Lancelot, nous nous sommes rendus compte que nous ne fêtions pas tous les anniversaires au château !

LANCELOT *(aussi joyeux que la Reine)* — Et ce pour une raison très simple : nous n'avons pas les dates de naissance de tout le monde !

GUENIÈVRE — Alors aujourd'hui, on a décidé de réparer l'erreur : on visite tout le monde pour noter tous les anniversaires !

LANCELOT — Comme ça, on sera sûrs de plus jamais en louper un !

MERLIN — Non mais moi, c'est bon. Je vous remercie mais j'y tiens pas.

LANCELOT — Comment ça ?

GUENIÈVRE — Vous aimez pas les anniversaires ?

MERLIN — Pas des masses, non.

LANCELOT — Mais enfin, qu'est-ce que vous nous chantez ?

GUENIÈVRE — C'est pas possible de pas aimer les anniversaires ! Tout le monde aime les anniversaires !

MERLIN — Eh bah moi, non. On va le fêter cette année, pan ! Il faut recommencer l'année prochaine… Ça me fout la cerise, c'est tout ce que ça fait.

LANCELOT *(étonné, à Guenièvre)* — Alors là, c'est bien la première fois que j'entends ça…

GUENIÈVRE — Oh, moi qui étais toute contente…

MERLIN — Mais je vous empêche pas de les faire, vos anniversaires, à partir du moment où c'est pas le mien.

GUENIÈVRE — Ne me dites pas que vous avez honte de votre âge…

LANCELOT *(prêt à sourire)* — Non, c'est pas ça, quand même ?

MERLIN — Ben, sans avoir honte, je suis plus un jouvenceau ! Vous ça va, encore, vous êtes jeunes…

GUENIÈVRE — Oh, allons ! Je suis sûre que vous noircissez le tableau ! Vous n'êtes pas si vieux que ça !

MERLIN — Bah, je vais sur mes huit cent quatre-vingt-quatre, quand même…

LANCELOT *(surpris)* — Combien ?

MERLIN — Huit cent quatre-vingt-quatre. Dans trois semaines.

LANCELOT — Ça alors…

GUENIÈVRE — Mais comment est-ce possible ?

MERLIN — Bah, je suis mi-Démon, moi. Les Démons, c'est pas foutu pareil. En calendrier démonique, je vais bientôt avoir sept ans. J'aurai le droit d'avoir une mogriave.

LANCELOT — Qu'est-ce que c'est que ça ?

MERLIN — Une mogriave ? C'est comme un petit chien mais hyper vilain.

4. INT. LABORATOIRE DE MERLIN – JOUR

ARTHUR est venu voir MERLIN.

ARTHUR — Qu'est-ce que c'est que ces conneries ?

MERLIN — Quelles conneries ?

ARTHUR — Ces conneries sur votre âge ! Vous vous foutez de la gueule de qui ?

MERLIN — Dites, c'est quand même pas ma faute !

ARTHUR — Vous allez me soutenir que vous avez neuf cents balais ?

MERLIN — Pas tout à fait. Mais qu'est-ce que ça peut vous faire, de toute façon ?

ARTHUR — Ça peut me faire que cette année, il était prévu que j'offre à mes sujets leur âge en nombre de pièces d'or ! Et faites pas celui qui est pas au courant !

MERLIN — Mais non, j'en savais rien ! Vous parlez d'une idée de con, en plus !

ARTHUR — C'est pas la mienne !

MERLIN — Vous me demandez mon âge, je vous réponds !

ARTHUR — Huit cent quatre-vingt-quatre ! Non mais bien sûr ! Pourquoi pas quinze mille ou un million ? De toute façon, personne va aller vérifier !

MERLIN — À cette époque-là, il y avait pas de registre !

ARTHUR — Bon, donc, il y a pas moyen de faire entendre raison ? Vous avez toujours neuf cents piges ?

MERLIN — Pas tout à fait.

ARTHUR — Bon, eh ben, mon petit vieux — si je peux dire —, vous irez vous gratter ! On vous offrira une paire de sandales et ça ira bien.

MERLIN — C'est pas juste !

ARTHUR — Ou si vous voulez, je vous donne votre âge en nombre de charrettes de bouse, ça vous va ?

FERMETURE

5. INT. CHAMBRE D'ARTHUR – NUIT

ARTHUR et GUENIÈVRE sont au lit.

GUENIÈVRE — Vous y croyez, vous ?

ARTHUR — À quoi ?

GUENIÈVRE — À l'âge de Merlin... Huit cent quatre-vingt-quatre ans, vous y croyez ?

ARTHUR — Il en est bien capable, ce con.

GUENIÈVRE — Alors qu'est-ce qu'on fait ?

ARTHUR — Une pièce d'or par tranche de dix ans, ça ira bien.

GUENIÈVRE — Ça fait radin.

ARTHUR — Alors huit cent quatre-vingt-quatre charrettes de bouse.

NOIR

ARTHUR *(OVER)* — Je lui en ai parlé, il est d'accord.

36
Les Exploités

A. Astier

3 CORS

1. INT. COULOIRS – NUIT

Karadoc et Perceval sont venus frapper à la porte d'Arthur, qui ouvre.

Perceval — Ah ! Sire.

Karadoc — On voulait vous parler !

Perceval — C'est très important !

Karadoc — C'est capital.

Arthur referme la porte.

OUVERTURE

2. INT. COULOIRS – NUIT

Karadoc et Perceval frappent à la porte d'Arthur.

Perceval — Sire ! Sire !

Karadoc — C'est pas des conneries, il faut vraiment qu'on vous parle !

Perceval — Faites pas le con, Sire ! Ouvrez !

La porte s'ouvre.

ARTHUR — Vous frappez encore une fois sur cette porte, vous prenez un pain chacun.

PERCEVAL *(menaçant Arthur avec son doigt)* — Moi, je serais vous, je vous écouterais… *(se reprenant)* Non. Moi, je serais nous… je vous… Si moi, j'étais vous… je vous écouterais.

KARADOC *(à Perceval)* — Non. C'est si moi j'étais vous, non ?

PERCEVAL *(à Arthur)* — Maintenant, il faut nous écouter parce que là, on en a gros !

KARADOC — On en a gros !

ARTHUR — Et si j'ai absolument pas envie de vous écouter ?

KARADOC — Vous faites comme vous voulez.

PERCEVAL — Mais moi, franchement, je serais nous… Non, je serais vous, je vous écouterais.

KARADOC — Voilà.

PERCEVAL — Non, elle me fait chier, cette phrase.

ARTHUR — Moi, je serais vous, par contre, je foutrais le camp. Parce que là, je préfère jouer cartes sur table, vous êtes à deux doigts du cachot.

PERCEVAL — Mais nous, on venait se plaindre, là…

ARTHUR — Oui, ça change rien au cachot. Vous seriez venus m'apporter des tartines, ce serait pareil : j'ai pas envie de voir vos tronches.

Il ferme la porte.

3. INT. COULOIRS – NUIT

Karadoc et Perceval frappent de nouveau à la porte d'Arthur.

Perceval — Sire ! Ouvrez, on en a gros !

Karadoc — Je vous assure, c'est pas le moment de faire la fine bouche !

Arthur *(off, de derrière la porte)* — La sourde oreille.

Perceval — Quoi ?

Arthur *(off)* — C'est pas le moment de faire la sourde oreille !

Perceval — Qu'est-ce que j'ai dit ?

Arthur *(off)* — Vous, rien. C'est l'autre con qui a dit : « C'est pas le moment de faire la fine bouche. » Dans le contexte, c'est déplacé.

Perceval — On estime qu'on a le droit à un entretien.

Arthur *(off)* — Vous avez rien à estimer. Barrez-vous.

Karadoc — Vous nous utilisez bon gré mal gré pour arriver sur la fin !

Silence.

Arthur *(off)* — Quoi ?

Perceval — Comment « quoi ? »

Arthur *(off)* — J'ai pas compris…

Karadoc — Vous nous utilisez bon gré mal gré pour arriver sur la fin !

Après une seconde, la porte s'ouvre.

Arthur — Je vous utilise bon gré mal gré pour arriver sur la fin ?

KARADOC — Exactement.

PERCEVAL — C'est intolérable, Sire !

ARTHUR — Je vous utilise contre votre gré pour arriver à mes fins ?

KARADOC — Ah, ouais, c'est mieux.

PERCEVAL — La tournure est plus graduelle.

ARTHUR — Plus claire ?

PERCEVAL — Plus claire, ouais.

ARTHUR — Eh, je vous pige de mieux en mieux, non ?

PERCEVAL — Ouais, ouais. C'est ce que j'étais en train de me dire.

KARADOC — De plus en plus vite, en tout cas.

PERCEVAL — C'est plus filiforme.

ARTHUR — Plus fluide.

PERCEVAL — Ouais.

ARTHUR — D'accord. Bon, alors je vous écoute… En quoi est-ce que je vous utilise contre votre gré pour arriver à mes fins ?

KARADOC — Heu… Merde, du coup, je suis paumé, là.

ARTHUR referme sa porte.

4. INT. COULOIRS – NUIT

PERCEVAL et KARADOC frappent à la porte.

PERCEVAL — Sire, ouvrez !

KARADOC — Ça y est, je me rappelle pourquoi vous nous utilisez-machin-truc !

PERCEVAL — Ouvrez, on en a gros !

La porte s'ouvre.

ARTHUR — Vous avez quinze secondes.

KARADOC — On est persuadés que vous nous utilisez pour la Quête du Graal.

PERCEVAL — Voilà. On aurait dû commencer par là, en fait…

ARTHUR — Qu'est-ce que vous voulez dire ?

PERCEVAL — Vous, votre truc, c'est le Graal. Ça, vous pouvez pas dire le contraire ! Vous arrêtez pas de nous bassiner avec ça.

KARADOC — Le Graal par-ci, le Graal par-là, le Graal par-ci, le Graal par-là, le Graal par-ci, le Graal par-là, le Graal par-ci, le Graal par-là…

PERCEVAL — Et nous, à vous entendre, on dirait qu'on est juste là pour le chercher !

ARTHUR — Oui, c'est vrai !

KARADOC — Ah !

PERCEVAL — C'est pour ça, on en a gros.

ARTHUR — Vous êtes juste là pour le chercher puisque s'il y avait pas le Graal à chercher, vous seriez pas là. Moi non plus, d'ailleurs. Même Kaamelott, je l'ai construit exprès !

PERCEVAL — Ouais ! Et là, il y a le Graal à chercher, on est là !

KARADOC — Comme par hasard !

ARTHUR — Sans ça, vous seriez des bouseux.

KARADOC — Comment ça ?

ARTHUR — Vous auriez une bicoque avec trois chèvres, comme la plupart des pégus et c'est tout.

PERCEVAL — Ouais enfin, c'est une façon de voir les choses.

ARTHUR ferme la porte.

FERMETURE

5. INT. COULOIRS – NUIT

KARADOC et PERCEVAL frappent à la porte.

KARADOC — Sire ! Ouvrez !

PERCEVAL — On en a gros !

ARTHUR *(OFF)* — Non mais c'est bon, je vous utilise. Allez vous coucher.

PERCEVAL — Comment ?

KARADOC — Vous nous utilisez ?

ARTHUR *(OFF)* — Ouais. Pas de problème j'assume. Cassez-vous.

PERCEVAL — Pour arriver à vos fins ?

ARTHUR *(OFF)* — Ouais, ouais, vous inquiétez pas, je le prends sur moi ! Foutez le camp !

PERCEVAL et KARADOC se regardent, l'air satisfait.

NOIR

PERCEVAL *(OVER)* — Bonne nuit, Sire !

37
L'Escorte

A. ASTIER

3 CORS

1. EXT. FORÊT – JOUR

SÉLI et LANCELOT sont venus voir ARTHUR sous la tente de commandement.

SÉLI — Ras le pif, de vos histoires ! Ma fille et moi, on rentre à Kaamelott !

ARTHUR — Je vous avais prévenues ! Les campagnes, c'est pas des randonnées pédestres !

SÉLI — Ah bah, je vous confirme, oui !

ARTHUR — Seigneur Lancelot, vous allez raccompagner ces dames au château. Et incognito !

SÉLI — Incognito ?

ARTHUR — Habillées en femmes du peuple.

LANCELOT — Pour votre sécurité.

SÉLI *(à Arthur)* — Eh ben ma parole, je m'en souviendrai, de votre promenade !

OUVERTURE

2. INT. TAVERNE – JOUR

Guenièvre, Séli et Lancelot sont attablés. Ils gardent leurs capuches.

Séli — J'en reviens pas que vous nous ameniez dans un pareil coupe-gorge, Seigneur Lancelot !

Lancelot — Encore une fois, vous me voyez confus, Dame Séli, mais je vous rappelle que c'est vous qui avez insisté pour vous mettre au chaud !

Guenièvre — C'est vrai que c'est pas très propre…

Séli — Pas très propre ? On est assis dans une fosse à purin ! *(regardant ses manches)* Ah, et puis ces fringues de clodos, je peux plus les voir !

Guenièvre — C'est vrai, que ça non plus, c'est pas très propre…

Lancelot — Les paysans sont en colère… Vous devez voyager incognito ! Si les gens découvraient que la Reine et sa mère se promènent dans le pays, vous deviendriez la cible de tous les attentats !

Séli — Et alors ? Vous êtes pas foutu de nous défendre contre trois péquenauds ?

Guenièvre — Mère, ne soyez pas désagréable, je vous en prie !

Lancelot — Quand les péquenauds — comme vous dites — se décident à passer à l'action, ils ne sont jamais trois !

Séli — Non mais à quoi ça ressemble, je vous jure !

Guenièvre *(osant)* — Si on commandait quelque chose à boire ?

3. INT. TAVERNE – JOUR

Le Tavernier est venu servir les visiteurs encapuchonnés.

Le Tavernier — Qu'est-ce que vous faites dans le coin ? Vous êtes de passage ?

Séli *(bas)* — Qu'est-ce que ça peut lui foutre ?

Lancelot *(bas)* — Dame Séli, je vous en prie !

Guenièvre — On est en voyage…

Le Tavernier — Vous venez visiter Stonehenge, non ?

Séli *(bas)* — Occupe-toi de tes miches.

Lancelot *(bas)* — Dame Séli !

Guenièvre — On rentre à Kaamelott…

Lancelot — Non ! On rentre pas… On va à Kaamelott.

Le Tavernier — Ah bon ? Mais je croyais qu'ils avaient arrêté les visites ! À cause de la chourre… Paraît qu'il reste plus un vase ou une tapisserie, dans le bouclard…

Séli *(bas)* — Qu'est-ce que t'en sais, pécore ?

Lancelot *(couvrant Séli)* — Oui, j'ai entendu dire qu'on leur avait dérobé beaucoup de cuivres…

Guenièvre *(nostalgique)* — Notamment, une magnifique petite coupelle ouvragée à motifs floraux… pour ranger des perles…

Le Tavernier — Moi, j'y ai jamais foutu un doigt de pied, à Kaamelott.

Séli *(bas)* — Encore heureux !

Le Tavernier — Je sais pas si c'est de naissance ou quoi, la vue du bourgeois, ça me fait de l'aérophagie.

Guenièvre — La vue du bourgeois ?

Lancelot — On voudrait pas vous soustraire à votre clientèle, Tavernier.

Séli *(bas)* — C'est ça. Cassez-vous, ça fera de l'air.

Guenièvre *(au Tavernier)* — Il paraît que c'est très beau, Kaamelott. Une vraie merveille !

le Tavernier — Non mais les murs, je dis pas… Ils y ont bien agencé. Mais les guignols qui sont dedans, c'est pas la même tisane !

Séli — Quoi ? Non mais ça va bien, maintenant !

Lancelot — Dame Séli, taisez-vous !

Guenièvre *(au Tavernier)* — Qu'est-ce qui vous fait dire ça ? C'est peut-être des gens très bien, à Kaamelott !

le Tavernier — Des gens très bien ? En tout cas, c'est pas ce qu'on dit ! Entre le Roi Arthur pas foutu de dénicher son Graal et la Reine qu'est con comme une chaise…

4. INT. TAVERNE – JOUR

Lancelot, Guenièvre et Séli sont seuls à leur table.

Séli — Je vous préviens, j'en ai ras la tresse ! Je compte jusqu'à dix et je fous le camp. Je préfère encore le froid.

Lancelot — On attend la fin de la tempête !

Séli — Et si elle dure trois jours, la tempête ? On va pas prendre une demi-pension, si ?

Lancelot — Ah mais merde, à la fin ! Je suis pas responsable du temps qu'il fait !

Séli *(à Guenièvre)* — Vous pourriez dire quelque chose, vous !

Guenièvre *(buvant, regardant son verre)* — J'ai rien à dire, moi. On a jamais rien à dire *(à la cantonade)* quand on est con comme une chaise !

LANCELOT — Mais taisez-vous, bon Dieu ! Vous allez vous faire égorger !

SÉLI — Ah, parce qu'on pourrait se faire égorger, là ? Eh ben chapeau bas, l'escorte ! Vous êtes un beau champion !

LANCELOT — Vous savez ce qu'elle vous dit, l'escorte ?

GUENIÈVRE — Eh bien, Seigneur Lancelot ? Qu'est-ce que c'est que ce nouveau genre ? *(à la cantonade)* Vous oubliez peut-être que vous parlez à des grosses bourges !

FERMETURE

5. INT. CHAMBRE D'ARTHUR – SOIR

ARTHUR et GUENIÈVRE sont en pleine discussion.

ARTHUR — Mais ça veut pas dire ça « con comme une chaise » !

GUENIÈVRE — Ça veut pas dire quoi ?

ARTHUR — Ça veut pas dire que vous êtes con !

GUENIÈVRE — Et qu'est-ce que ça veut dire d'autre, je vous prie ?

ARTHUR — Ça veut dire que — comme une chaise — vous êtes jolie…

GUENIÈVRE — Jolie ?

ARTHUR — Enfin, jolie… Vous êtes plutôt passive mais pratique et que vous parlez peu. Et puis surtout, on pourrait pas s'en passer à moins de s'asseoir par terre.

NOIR

GUENIÈVRE *(OVER)* — Vous me prenez vraiment pour une conne !

38
Le Larcin

A. Astier

3 CORS

1. INT. CHAMBRE D'ARTHUR – SOIR

Arthur est dans son lit. Il parcourt un parchemin. Puis, décidant de s'allonger plus franchement, se lance en arrière, percutant violemment la tête du lit. Guenièvre n'est pas visible.

Arthur — Ah !

Il hurle.

Arthur *(à Guenièvre)* — Vous pourriez prévenir quand vous enlevez les coussins !

OUVERTURE

2. INT. CHAMBRE D'ARTHUR – SOIR

Arthur est au lit. Il parle à Guenièvre qui s'apprête à aller se coucher.

Arthur *(le fourreau d'Excalibur dans la main)* — Non mais c'est pas vrai !

GUENIÈVRE *(OFF)* — Qu'est-ce qui se passe ?

ARTHUR — Quoi « Qu'est-ce qui se passe ? » Qu'est-ce que vous avez foutu, encore ?

GUENIÈVRE *(OFF)* Mais qu'est-ce que j'ai fait ?

ARTHUR — Je prends Excalibur pour vérifier un truc, regardez-moi ça : il reste plus que le fourreau ! Je veux pas qu'on touche à mon épée ! C'est une épée magique, c'est personnel !

GUENIÈVRE *(OFF)* Non mais vous êtes complètement marteau, non ? Que voulez-vous que je fasse de votre épée ?

ARTHUR — Rien, justement, rien ! Vous lui foutez la paix !

GUENIÈVRE *(OFF)* — Mais je l'ai pas touchée, espèce de maboul ! Vous l'avez pas rangée dans son fourreau, c'est tout !

ARTHUR — Ne vous foutez pas de moi ! Je la remets toujours dedans !

GUENIÈVRE *(OFF)* — Bien sûr ! Soigneux comme vous êtes !

ARTHUR — Avec ça, oui ! Jamais, elle traîne ! Venez me dire le contraire !

GUENIÈVRE *(OFF)* — En attendant, vous n'êtes pas fichu de savoir ce que vous en avez fait !

ARTHUR — Ou alors, c'est votre tartignolle de bonniche qui a encore fourré son nez dans mes affaires !

GUENIÈVRE *(OFF)* — Ma tartignolle de bonniche, elle vous dit « flûte ! » Figurez-vous qu'à elle aussi, on lui a pris des affaires ! Tout comme à moi, d'ailleurs !

ARTHUR — Quoi ?

GUENIÈVRE — Faites l'innocent ! On peut savoir à quelle nouvelle conquête vous comptez l'offrir, mon petit peigne en or ?

3. INT. SALLE DE LA TABLE RONDE – JOUR

ARTHUR et BOHORT ont convoqué VENEC.

VENEC — Eh ben vous en tirez, des mouilles !

BOHORT — Un problème de la plus haute gravité ! Vous ne devriez pas en sourire.

VENEC — Ça va. Tout est toujours catastrophique avec vous, Seigneur Bohort.

ARTHUR — Non mais là, sans exagérer, c'est catastrophique.

BOHORT — Nous avons été victimes d'un odieux larcin !

VENEC — D'un quoi ?

ARTHUR — D'un vol.

VENEC — Ah ! Ah bah ça, ça vous pendait au nez... C'est un vrai fromage à trous, votre baraque. Il y a pas une porte qui ferme, les gardes sont toujours en train de roupiller.

BOHORT — Et depuis quand est-ce que vous vous occupez de la sécurité de Kaamelott ?

VENEC — Moi, je vous dis ce que j'en pense !

BOHORT — Mais on s'en fout ! *(se reprenant, à Arthur)* Pardon.

ARTHUR — Le problème, c'est que là, c'est Excalibur qui a foutu le camp.

VENEC — Votre épée magique ? Ah bah merde !

BOHORT — C'est catastrophique.

ARTHUR — Alors nous, pour retrouver celui qui a fait ça, on s'était dit que vous…

BOHORT — Comme vous avez plus ou moins des accointances avec…

VENEC — … tous les traîne-patins du bled…

ARTHUR — Voilà… Vous auriez peut-être pu nous filer un coup de main.

VENEC *(prenant son carnet)* — Qu'est-ce que vous feriez pas sans votre Venec ?

BOHORT — Ça, on se demande…

VENEC — C'était quand et où ?

BOHORT — La nuit dernière, ici, au château.

VENEC *(lisant)* — Alors… hier, hier, hier… Kaamelott… Ah ouais, c'est des gars à moi !

4. INT. SALLE DE LA TABLE RONDE – JOUR

VENEC s'explique.

VENEC — Je leur ai pas demandé de venir piquer spécialement Excalibur ! C'est des gars qui font la tournée des cabanes un peu cossues ! Moi, je les ai organisés en guilde, un peu. Parce que c'était pas des flèches question optimisation du rendement…

BOHORT — Vous voulez dire qu'en ce moment, Excalibur est chez vous ?

VENEC — Chez moi, non… Je recèle pas tout moi-même ! Où voulez-vous que je foute tout ce merdier ? Par contre, je peux vous la retrouver.

ARTHUR — Ben, j'avoue que ça m'arrangerait plutôt.

VENEC — Je vais voir ce que je peux faire. Vous en donneriez combien ?

BOHORT — Quoi ? Mais c'est un scandale !

VENEC — Bah quoi ? Il faut bien qu'ils vivent, les mecs ! Comment ils font si je leur demande de tout rendre sans palper un rond ?

BOHORT *(très en colère)* — Mais ça n'est pas notre affaire !

ARTHUR — Sans déconner, rendez-la parce que sinon, vous êtes coupable devant les Dieux.

VENEC — Devant les Dieux ?

ARTHUR — Bah ouais… Excalibur, c'est pas un couteau à beurre. Si vous la rendez pas, vous serez maudit sur quatre-vingt-dix-neuf générations.

VENEC *(après réflexion)* — Non mais on va bien se démerder… *(réfléchissant)* Mais sinon, vous en donnez combien ?

FERMETURE

5. INT. CHAMBRE D'ARTHUR – SOIR

ARTHUR est au lit. GUENIÈVRE n'est pas visible.

GUENIÈVRE *(OFF)* — Oh, mon petit peigne en or !

ARTHUR sourit. GUENIÈVRE vient se mettre au lit.

GUENIÈVRE — Ça aussi, vous l'avez racheté aux bandits ?

ARTHUR — Je savais que vous y teniez…

GUENIÈVRE — Si j'y tiens ? Un cadeau de mon père pour mes dix ans. Il paraît qu'il vaut une fortune. Vous avez dû vous ruiner !

ARTHUR — Heu… Ils en ont voulu quatre pièces de bronze. En plus, j'ai l'impression que je me suis fait arnaqué.

Guenièvre, atterrée, regarde son peigne.

NOIR

Arthur *(over)* — D'ailleurs, d'après Venec, c'est pas vraiment de l'or.

39
La Rencontre

A. Astier

3 CORS

1. INT. CHAMBRE DE DEMETRA – SOIR

Arthur et Demetra sont au lit.

Demetra — C'est quoi qui vous turlupine, exactement ? D'avoir votre mère et votre belle-mère en même temps dans la même pièce ?

Arthur — Bah déjà, ça, oui. Il y a pas de quoi sauter au plafond. Mais je vous rappelle qu'elles représentent respectivement deux peuples qui se foutent sur la gueule depuis trois cents ans.

Demetra — Oh mais c'est des vieilles histoires, ça... Vous verrez, ça se passera bien.

Arthur — Oui. Ma mère m'a juste dit : « Je vous préviens, si on insulte la mémoire de mes ancêtres, je me tranche les veines devant tout le monde. » Mais ça va bien se passer...

OUVERTURE

2. INT. SALLE DE LA TABLE RONDE – JOUR

Séli et Ygerne, côte à côte, font face à Arthur et Père Blaise.

Père Blaise *(terminant un sermon)* — … pour la réunification des peuples et la gloire de la Bretagne tout entière.

Séli et Ygerne restent silencieuses.

Arthur — Bon, ça c'est fait…

Père Blaise — Sire, la coupe…

Arthur — Ah oui. *(tendant une coupe à Séli)* Buvons le vin de la fraternité.

Séli regarde la coupe avec méfiance.

Arthur — C'est symbolique, hein, vous en buvez une lampée chacune et c'est marre.

Séli et Ygerne, tour à tour, boivent un peu de vin du bout des lèvres. Elles restent silencieuses.

Arthur — Bon, ben c'est plutôt sympa, alors… La carte.

Père Blaise lui passe une carte.

Père Blaise — Donc, les nouvelles frontières sont tracées en jaune.

Arthur — Voilà. Maman, belle-maman, si vous voulez jeter un coup d'œil…

Séli se lève, crache par terre avec mépris et s'en va.

Arthur — Qu'est-ce qui se passe ? Qu'est-ce que j'ai dit ?

PÈRE BLAISE — Quand même, « belle-maman » ! Devant une ennemie ! Pourquoi pas « mamie » ou « tantine », tant que vous y êtes ?

ARTHUR — Ah non mais merde, on va pas faire des simagrées ! *(à Ygerne)* J'ai eu tort ?

YGERNE *(gelée)* — Évitez de m'appeler « maman ».

3. INT. SALLE DE LA TABLE RONDE – JOUR

SÉLI est revenue. Les deux femmes sont tendues. ARTHUR s'est posté derrière elles pour leur commenter la carte.

ARTHUR — Donc, les nouvelles frontières sont en jaune. Alors, je sais ce que vous allez me dire : la frontière Nord a très nettement reculé à l'intérieur du territoire picte. Avant de gueuler, j'attire votre attention sur la partie orientale des collines de Tintagel qui est du coup cédée au peuple picte. Ça équilibre.

Les femmes ne disent rien.

ARTHUR — C'est marrant, j'aurais cru que ça gueule plus, là…

PÈRE BLAISE — Du coup, si ça, ça passe, le plus dur est fait.

YGERNE *(à Arthur)* — Pas un jour de votre vie vous m'avez appelée maman et là, boum ! ça sort comme ça !

SÉLI — Et moi « belle-maman » ! Ah non mais il y a vraiment des jours où vous déconnez sec !

ARTHUR — Mais j'en sais rien, moi… Je suis un peu guilleret… La signature d'un traité de réunification, c'est plutôt le truc positif, d'habitude !

PÈRE BLAISE — Ouais, le genre avec un banquet et un tournoi !

ARTHUR — Là, effectivement, vu les tronches que vous tirez, ça file pas tellement envie de faire la fiesta !

YGERNE — Ces nouvelles frontières que vous proposez, comment est-ce que vous pouvez être sûr qu'elles nous conviennent ?

ARTHUR — Heu… c'est-à-dire que maintenant, que ça vous convienne ou pas…

PÈRE BLAISE — Vous avez signé. Les frontières, c'est fait.

SÉLI — Mais… pourquoi vous nous demandez notre avis avec votre carte, là ?

ARTHUR — Mais je vous demande pas votre avis, je vous explique ce que vous venez de signer !

PÈRE BLAISE — Votre avis, on vous le demande depuis onze heures ce matin !

YGERNE — Et si on n'est pas d'accord ?

ARTHUR — Mais vous êtes d'accord !

PÈRE BLAISE *(brandissant le traité)* — Vous venez de signer !

YGERNE — Je proteste contre cette honteuse manipulation !

SÉLI — Pareil !

4. INT. SALLE DE LA TABLE RONDE – JOUR

Les hommes s'endorment sur leur siège tandis qu'YGERNE et SÉLI commentent la carte.

YGERNE — Mais qu'est-ce que vous voulez que j'en fasse, de ça ? Je vous demande des terres cultivables et vous me refilez de la caillasse !

SÉLI — Ce que vous appelez de la caillasse, c'est la Terre des Anciens !

YGERNE — Justement, laissez-la aux Anciens et donnez-moi de la plaine !

SÉLI — Et nos chevaux ! Qu'est-ce qu'ils vont bouffer si j'ai plus un carré d'herbe ?

YGERNE — Vous les mettrez dans vos champs de cailloux ! Ça leur fera du calcium !

SÉLI — Ou alors, je vous donne un bout de côte.

YGERNE — Ah bah là, d'accord. Celle-là ?

SÉLI — Non, pas de la plage ! La partie rochers, là.

YGERNE — La partie moche, vous voulez dire ?

SÉLI — C'est ça ! Exactement ! La partie moche ! Estimez-vous déjà heureux de recevoir quelque chose !

YGERNE *(aux hommes)* — Non, c'est pas possible, on peut pas se mettre d'accord.

ARTHUR *(finissant de bâiller)* — Merde, c'est pas de bol.

PÈRE BLAISE — Non, c'est pas de bol : vous avez déjà signé…

SÉLI — On revient sur notre décision !

PÈRE BLAISE — Ah non ! On part sur la nouvelle carte…

ARTHUR — Vous vous mettez en guerre pendant deux ou trois cents ans et on verra après.

Ils quittent la salle, emportant le traité.

FERMETURE

5. INT. SALLE DE LA TABLE RONDE – JOUR

Les deux femmes sont restées seules.

YGERNE — Qu'est-ce qu'on fait ? On reste en guerre ?

SÉLI — De toute façon, au bout de trois cents ans, les gars, ils savent pas faire autre chose.

YGERNE — Et puis, s'ils arrêtent la guerre et qu'ils continuent la bouffe…

SÉLI — … on va tout droit vers une génération d'obèses…

YGERNE — Et d'oisifs ! Parce que mine de rien, la guerre, ça occupe !

SÉLI — Oisifs, obèses…

NOIR

SÉLI *(OVER)* — Autrement dit, des gros cons.

40
Les Pigeons

A. Astier

3 CORS

1. INT. TEMPLE PERDU – JOUR

Arthur progresse seul dans un tunnel. Soudain, Yvain et Gauvain arrivent, faisant sursauter Arthur.

Arthur — Ah ! Mais… mais qu'est-ce que vous foutez là, vous ?

Yvain — On vient vous rejoindre !

Gauvain — Nous venons vous assister dans votre quête !

Yvain *(passant à Arthur un petit morceau de papier)* — Et aussi, on vous apporte un message.

Arthur lit le message puis le jette.

Gauvain — Qu'est-ce que ça dit ?

Arthur — Que vous venez me rejoindre.

OUVERTURE

2. EXT. REMPARTS – JOUR

Arthur croise Léodagan près du chemin de ronde.

Arthur — Mais qu'est-ce que vous foutez là, vous ?

Léodagan — Comment « qu'est-ce que je fais là ? » Je crèche ici…

Arthur — Mais vous étiez censé rester en Carmélide et attendre mes instructions !

Léodagan — Ah bah, première nouvelle !

Arthur — Mais c'est pas vrai ! On attend une attaque de Vikings par la côte Nord !

Léodagan — Ah ouais mais maintenant, je suis là ! Je vais pas me retaper la route dans l'autre sens !

Arthur — Je comprends pas, je vous ai fait envoyer un pigeon !

Bohort arrive en hâte, un petit morceau de parchemin à la main.

Bohort — Sire ! Sire ! Un message de la plus haute importance !

Arthur déroule le parchemin et le lit.

Arthur — Le père du Roi Hoël est mort.

Léodagan — Encore ?

Arthur — Je comprends pas.

Bohort — Il est pas mort le mois dernier ?

Léodagan — Bah évidemment que si ! Ils ont fait assez de barouf avec ça !

Arthur — Je vais peut-être dire une connerie mais… ce serait pas les pigeons qui déconnent à double dose ?

BOHORT — Les pigeons ? Sire ! De majestueux messagers, fidèles et incorruptibles partenaires…

LÉODAGAN — Ils sont peut-être malades, vos piafs… En ce moment, avec le pollen, hein…

3. INT. COULOIRS - JOUR

ARTHUR tombe sur LANCELOT dans les couloirs.

ARTHUR — Ah, Seigneur Lancelot !

LANCELOT — Sire ! Je vous cherchais !

ARTHUR — Moi, aussi. Écoutez celle-ci : *(il lit un message)* « Obtempérez ou mourez. » Elle est pas belle, celle-là ?

LANCELOT — Mais qui c'est qui nous envoie ça ?

ARTHUR — Bah, les Saxons, voyons ! Qui voulez-vous que ce soit ?

LANCELOT — Parce que moi, regardez ce qu'ils m'envoient : *(lisant un message)* « Capitulons. Arturus vainqueur, Arturus Roi de Bretagne. »

ARTHUR — Mais qui c'est qui nous envoie ça ?

LANCELOT — Ben justement… moi, j'aurais dit les Saxons.

ARTHUR — Mais c'est pas les Saxons qui ont écrit le vôtre : ils m'appellent pas « Arturus », les Saxons !

LANCELOT — Et comment ils vous appellent ?

ARTHUR — Ils m'appellent pas ! Ils s'en foutent ! Ce qu'ils veulent, c'est raser le pays.

LANCELOT — Mais ça peut pas être les Saxons qui ont écrit le vôtre, non plus !

ARTHUR — Et pourquoi pas, je vous prie ?

LANCELOT — Parce qu'il n'y a aucune raison qu'ils nous écrivent ça !

ARTHUR *(lisant)* — « Obtempérez ou mourez. » Ben, en tout cas, c'est bien leur genre.

LANCELOT — Oui sauf que je vous signale qu'ils sont partis depuis hier matin.

ARTHUR — Les Saxons sont partis ?

LANCELOT — D'après les éclaireurs, ils ont abandonné leur dernier campement.

ARTHUR — Je comprends plus rien, moi.

LANCELOT — C'est pourtant limpide ! Ils ont battu en retraite. Et mon message ne fait que le confirmer.

ARTHUR — Ils m'appellent pas Arturus, les Saxons ! Écoutez ce que je vous dis, bon sang !

LANCELOT — Mais qu'est-ce qu'on s'en fout de comment ils vous appellent ? Tout concorde !

ARTHUR — Ça concorde que dalle ! C'est les adversaires du monde romain qui m'appellent Arturus ! Ce message, c'est un message wisigoth ! C'est votre pigeon qui est à la bourre ! Il date de six mois, votre message !

LANCELOT — Donc d'après vous, les Saxons nous ont envoyé un message en nous demandant d'obtempérer et après, ils ont foutu le camp chez eux ?

ARTHUR — Ben mon pigeon est peut-être aussi naze que le vôtre…

4. INT. SALLE À MANGER – JOUR

ARTHUR et LÉODAGAN déjeunent.

ARTHUR — Il va quand même falloir qu'on règle ce problème parce que s'il y a un vrai conflit qui se pointe et qu'on peut pas s'envoyer de messages, on va vraiment passer pour des cons.

Une servante arrive avec un petit message sur un plateau. Arthur s'en saisit.

Arthur *(lisant)* — « Vous pouvez aller vous… vous… » Je vois que dalle, vous lisez, vous ?

Il passe la message à Léodagan.

Léodagan *(lisant)* — « Vous pouvez aller vous… gratter. » C'est signé… Ah mais c'est moi, ça.

Arthur — Quoi ? Ah bah bravo ! Et à propos de quoi est-ce que je suis censé pouvoir me gratter, je vous prie ?

Léodagan — Ah bah maintenant, je sais plus, moi.

Arthur — Mais vous l'avez envoyé quand, ce machin ?

Léodagan — Ça dépend… C'est peut-être pour le mariage…

Arthur — Le mariage… quel mariage ? Le mien ?

Léodagan — Bah oui, pas le mien.

Arthur — Parce que, pour mon mariage, je pouvais aller me gratter ?

Léodagan — Non mais c'était au début, ça. Sur le coup, je voulais pas, évidemment. Et puis après, à tête reposée, vu les avantages politiques…

Arthur — Mais enfin, c'est pas possible que ce soit aussi vieux que ça ! Il est passé par où, ce pigeon ?

Léodagan — Ou alors, c'est pour le prêt…

Arthur — Quel prêt ?

Léodagan — Ben, le prêt que vous m'avez demandé…

Arthur — Ah oui, c'est vrai… J'avais pas eu de réponse, d'ailleurs.

LÉODAGAN *(désignant le message)* — Bah voilà.

FERMETURE

5. INT. TEMPLE PERDU – JOUR

ARTHUR progresse seul dans le couloir. Soudain, GAUVAIN et YVAIN apparaissent derrière lui.

ARTHUR *(sursautant)* — Ah ! Mais c'est pas vrai !

YVAIN — On vient vous rejoindre !

GAUVAIN — Et on vous apporte ce message !

ARTHUR lit.

ARTHUR — Ça me dit que vous arrivez dans deux jours.

GAUVAIN — Ah…

YVAIN — Qu'est-ce qu'on fait, on rentre à Kaamelott et on revient dans deux jours ?

ARTHUR — Pas besoin de rentrer à Kaamelott. Restez là.

GAUVAIN — Où ça, mon oncle ?

ARTHUR — Ben là.

NOIR

ARTHUR *(OVER)* — Vous vous asseyez, moi j'avance et vous me rejoignez dans deux jours.

41
O'Brother

A. Astier

3 CORS

1. EXT. TERRASSE – JOUR

Arthur et Perceval arrivent sur la terrasse.

Arthur — À qui elle est, l'espèce de mule toute moisie qui est attachée vers l'entrée ? C'est pas possible ce qu'elle daube, cette saloperie !

Perceval — C'est l'âne du frère à Karadoc.

Arthur *(étonné)* — Il a un frère, Karadoc ?

Perceval — Ouais… M'enfin, c'est pas le même, hein…

Arthur — C'est-à-dire ?

Perceval — Bah, Karadoc, c'est le gars brillant, quoi. C'est sûr, le frère, à côté, il fait vraiment gros con.

OUVERTURE

2. INT. CUISINES – JOUR

Karadoc et Kadoc sont en train de manger un morceau. Arthur arrive.

Karadoc — Tiens ! Sire !

ARTHUR — Dites donc, Seigneur Karadoc... Il y a jamais un cuisinier, là-dedans. Vous les laissez entrer, de temps en temps, les mecs qui sont censés bosser là ?

KARADOC — Non non mais on s'est fait notre planning avec les gâte-sauces. Tout est organisé. *(désignant Kadoc)* Permettez-moi de vous présenter mon frère Kadoc.

ARTHUR — ... respects...

KADOC — Qui c'est ?

KARADOC — Comment « qui c'est ? » C'est le Roi Arthur ! Présentez vos hommages !

KADOC *(à Arthur)* — Je lui présente vos hommages du Roi Arthur !

KARADOC *(à Arthur)* — Excusez-le, c'est pas une flèche.

ARTHUR — Sans indiscrétion, qu'est-ce qu'il fout là ?

KARADOC — J'ai promis à mon père que je lui ferais visiter le château...

KADOC — J'ai droit d'être quatre jours pas chez moi et après chez moi mais il y a du voyage qui se prépare et pour soigner les bêtes, il y a pas que ma tante, il y a moi aussi !

KARADOC — Je le ramène à Vannes après-demain.

ARTHUR — Vous pourriez lui donner un couteau pour qu'il bouffe aussi, quand même !

KARADOC — Non mais c'est moi qui lui coupe son sauc'. Il a pas le droit d'avoir un couteau, il se fait mal avec et il attaque les gens.

3. INT. CUISINES – JOUR

Les frères mangent. ARTHUR s'apprête à partir.

KARADOC — Heu, Sire ! Tant que vous êtes là, j'aurais une petite faveur à vous demander.

ARTHUR — Une petite faveur dans quel genre ?

KARADOC — En fait, ça m'aurait arrangé que vous fassiez de mon frère un Chevalier et que vous le mettiez à la Table Ronde.

ARTHUR — Quoi ? Ah bah mon cochon, vous manquez pas de cran !

KARADOC — Parce qu'à Vannes, chez mon père, il encombre plus qu'il rend service. Ils en ont marre.

KADOC — Comme la mare aux canards ?

Un seconde passe en silence.

KARADOC — Non mais parce que moi, quand je rentre à Vannes, ils essayent de me le coller dans les pattes, voyez ?

ARTHUR — Ben je vois, oui. Et du coup, vous essayez de le coller dans les miennes…

KARADOC — Quand on y réfléchit bien, ça peut être un plus, pour nous.

ARTHUR — Un plus dans quel domaine, sans vouloir être indiscret ?

KARADOC — Déjà, il dort jamais.

ARTHUR — Ah non ?

KARADOC — Non, c'est une particularité. D'ailleurs, les Druides nous ont dit que ça venait de là son…

ARTHUR — Son quoi ?

KARADOC — Ben, comme il dort pas, le cerveau a pas le temps de… *(il mime l'activité autour de sa propre tête)* Voyez ?

ARTHUR — Alors que vous qui pioncez jusqu'à midi, *(il imite Karadoc)* votre cerveau a bien le temps de...

KADOC — Oh mais c'est pas grave, ça.

ARTHUR et KARADOC jettent un œil à KADOC sans mot dire.

ARTHUR — Sans blague, qu'est-ce que vous voulez que je foute de ça comme Chevalier ?

KARADOC — Vous le mettez garde devant votre porte, il risque pas de s'endormir !

ARTHUR — Non mais qu'il se tienne réveillé, c'est une chose, mais est-ce qu'il sait se battre ?

KARADOC — Ah bah non... tout de suite !

ARTHUR *(en colère)* — Alors je vais pas le mettre garde !

KARADOC — Vous le mettez à côté d'un vrai garde pour qu'il l'empêche de s'endormir. Ça, il peut.

KADOC — Ou alors mettre du beurre au fond du plat pour pas que le gratin colle.

ARTHUR regarde KADOC.

ARTHUR *(à Karadoc)* — Allez, ramenez ça chez vos vieux.

4. EXT. COUR DE LA CHAPELLE – JOUR

KARADOC, suivi de son frère, aborde ARTHUR et LANCELOT.

KARADOC — Ah, Sire ! Je vous cherchais.

ARTHUR — J'ai pas bien le temps, là, Karadoc...

LANCELOT *(à Karadoc)* — Je sais pas si vous êtes au courant mais les Saxons ont pénétré sur le territoire.

KARADOC — Bien sûr que je suis au courant !

KADOC — Il y a des méchants ?

KARADOC — C'est justement à propos de ça que je veux vous parler.

ARTHUR — Qu'est-ce que votre frère fout encore ici ? Je croyais que vous deviez le ramener dans votre bled !

LANCELOT — Ah, c'est votre frère ? *(à Kadoc)* Enchanté…

KADOC — Pour savoir s'il va y avoir du vent, il faut mettre son doigt dans le cul du coq.

LANCELOT — De quoi ?

ARTHUR — Non mais c'est normal.

KARADOC — C'était pour vous prévenir que j'avais engagé mon frère dans l'armée de Kaamelott. Il fait partie du détachement de cet après-midi.

ARTHUR — Quoi ? Non mais c'est une blague ?

LANCELOT — Dans quel corps ?

KARADOC — Heu… les archers, je crois. Mais j'ai mis ça comme ça, on peut changer.

ARTHUR — Vous avez pas fait ça ?

KARADOC — C'est à l'essai ! S'il s'en sort pas, on le retire !

LANCELOT — Mais il a fait quelle école militaire, votre frère ? Je le reconnais pas…

KARADOC — Il peut pas aller à l'école, mon frère. Quand on lui explique un machin technique, il s'évanouit.

FERMETURE

5. INT. SALLE À MANGER – JOUR

LÉODAGAN, bras bandé, déjeune avec ARTHUR.

ARTHUR — Vous avez pas eu trop de mal, à ce qu'on m'a dit…

LÉODAGAN — On leur a foutu une dérouillée mais bon, à mille deux cents contre une soixantaine, c'est quand même la moindre des choses !

ARTHUR — Et vous, vous êtes allé à la filoche ?

LÉODAGAN — Ah non.

ARTHUR — Bah, et votre bras ?

LÉODAGAN — Non, ça c'est un de chez nous, un nouveau… À un moment, je sais pas ce qui lui prend… Il se retourne, pan ! Il me tire dessus.

NOIR

LÉODAGAN *(OVER)* — On a essayé de le cuisiner un peu : pas moyen de piger un broc de ce qu'il dit.

42
La Fête Du Printemps

A. Astier

3 CORS

1. INT. COULOIRS – JOUR

Karadoc et Perceval répètent un chant.

Karadoc *(chantant)* — *« Viendras-tu, belle amie,*
Digue digue dondaine ? »

(parlant) Et vous reprenez tout de suite.

Perceval — Je reprends la même chose ?

Karadoc — Oui, c'est un canon. Vous faites exactement comme moi en décalé.

Perceval *(chantant)* — *« Viendras-tu, belle amie… »*

Karadoc — Non mais, il faut que je commence, d'abord.

Perceval — Ah ouais. Et c'est quand que je décale ?

OUVERTURE

2. INT. SALLE DE LA TABLE RONDE – JOUR

Venec est venu se plaindre au Roi et à Bohort.

VENEC — Sire, au moins, expliquez-moi ! La fête du printemps, jusqu'à maintenant, c'est toujours moi qui m'en suis occupé. Vous vous êtes jamais plaint, que je sache !

ARTHUR — Ben, c'est-à-dire, moi…

BOHORT *(coupant Arthur)* — Cette année, on a décidé de changer un peu le ton !

VENEC — Qu'est-ce que vous voulez changer comme ton ? Une fête, c'est une fête !

BOHORT — Là, en l'occurrence, il s'agit de la fête du printemps ! On va essayer de coller à la thématique, pour une fois.

VENEC — Coller à quoi ?

ARTHUR — Non mais c'est vrai que, jusqu'à maintenant — alors c'est pas que c'était mal foutu mais bon… —, on bouffait comme des porcs, on finissait à quatre pattes… Le printemps, là-dedans, c'était quand même vague, comme notion.

BOHORT — Même pas une fleur sur les tables !

VENEC — Ah mais moi, si vous voulez des fleurs, c'est pas le plus compliqué !

BOHORT — Merci, Venec, je prends les choses en main. On vous appellera pour la fête du cochon.

VENEC — Ben… pour la fête du cochon — je m'excuse —, vous bouffez comme des porcs et vous finissez à quatre pattes !

ARTHUR — Oui mais là, ça va, c'est thématique.

3. INT. SALLE DE LA TABLE RONDE – JOUR

BOHORT présente son projet à ARTHUR.

BOHORT *(excité)* — Tout le monde participe, c'est parfaitement délicieux ! Vous allez être comblé, Sire !

ARTHUR — Vous pouvez vous calmer ?

BOHORT — Nous accueillons le Seigneur Léodagan qui vient nous présenter sa proposition.

LÉODAGAN entre avec un prisonnier enchaîné.

LÉODAGAN — Ma proposition, j'ai pas bien eu le temps de gamberger, moi…

ARTHUR *(parlant du prisonnier)* — Qui c'est, celui-là ?

LÉODAGAN — Ah bah, je suis désolé, j'ai trouvé que lui.

BOHORT — Mais qu'est-ce que vous comptez faire avec ça à la fête du printemps ?

LÉODAGAN — Ben… le faire cramer !

BOHORT — Quoi ? Mais vous plaisantez !

LÉODAGAN — Vous me dites : « Il faut quelque chose de festif… »

BOHORT — Mais quel rapport avec le printemps ?

LÉODAGAN — J'en sais rien, moi… C'est en plein air !

ARTHUR *(faussement rêveur)* — Ah, le printemps… La nature se réveille, les oiseaux reviennent, on brûle des mecs.

BOHORT *(à Léodagan)* — Merci, Seigneur Léodagan, mais on va trouver autre chose.

LÉODAGAN *(lassé, en partant)* — Bon bah, démerdez-vous ! J'ai pas que ça à foutre de promener ce con-là toute la journée, moi !

Il s'en va.

BOHORT — Accueillons à présent Dame Séli.

SÉLI entre avec une tarte dans un chiffon, qu'elle confie à BOHORT.

SÉLI — Bon, moi, je suis arrivée à un compromis pas trop crade… C'est un genre de tarte avec des oignons, du chou, du céleri et des épices.

ARTHUR et BOHORT goûtent.

SÉLI — Alors ?

BOHORT *(gêné)* — C'est… c'est intéressant…

ARTHUR — Le plus intéressant, ce serait de savoir comment vous arrivez à faire un truc aussi immonde avec des ingrédients normaux.

SÉLI — Immonde ?

BOHORT — C'est vrai que c'est spécial…

ARTHUR — Non mais c'est incroyable ! J'ai l'impression de bouffer de la terre avec de la bouse et du gravier… ça sent le poulailler… alors qu'en fait il y a du céleri et des oignons. C'est prodigieux !

4. INT. SALLE DE LA TABLE RONDE – JOUR

YVAIN et GAUVAIN, respectivement costumés — de manière sommaire — en abeille et en fleur, entament une petite saynète, qu'ils interprètent d'un ton surjoué, maladroit et illustratif.

YVAIN — Hé, Dame Nature… Que vous en est nenni, grâce à vos yeux !

GAUVAIN — Point. Point, petit insecte subtil. La vie est comme l'onde, fraîche et liquide comme l'ondée.

YVAIN — Mais que vous en est nenni ! Opterez-vous pour un printemps gracieux ? Et fraîche comme l'ondée ?

GAUVAIN — Point. Insecte papillonnant. Viens picorer les mets de Dame Nature.

YVAIN — Grâce à vos yeux.

Ils saluent le Roi et BOHORT, que le spectacle a laissé interdits.

BOHORT — C'est… Comment dire ? *(à Arthur)* C'est assez frais.

ARTHUR — Frais ?

BOHORT *(aux autres)* — Cela manque peut-être un peu de rigueur…

YVAIN — De la rigueur par rapport… ?

ARTHUR *(discrètement, à Bohort)* — Qu'est-ce que vous me chantez, avec votre rigueur ? J'ai rien bité à leur truc !

BOHORT *(bas)* — Sire, il y a tout de même là une preuve de bonne volonté !

ARTHUR — Qu'est-ce que ça peut foutre puisqu'on pane rien !

BOHORT — Au moins, ça a un rapport avec le printemps. *(aux autres)* C'est bon, on garde !

Les deux jeunes Chevaliers sont heureux.

YVAIN — Ouais, c'est hyper !

GAUVAIN *(à Arthur)* — Merci, mon oncle !

YVAIN — On a hâte d'y être !

ARTHUR *(à lui-même)* — Ouais, moi aussi.

FERMETURE

5. INT. SALLE DE LA TABLE RONDE – JOUR

Perceval et Karadoc sont venus présenter une chanson en canon. Ils entonnent leur refrain, la main sur l'oreille, à la manière des chanteurs corses.

Perceval et Karadoc *(en canon)* —
« L'oiseau étant enfant de raison,
Et la fleur fille du poète.
Viendras-tu, belle amie,
Digue digue dondaine ?
Viendras-tu fleurir
Ma terre, ma mie ?»

Arthur et Bohort sont consternés, hypnotisés par l'interprétation incompréhensible des deux Chevaliers.

Karadoc *(reprenant)* — *« L'oiseau étant enfant de… »*

Perceval — Ah mais on la reprend, celle-là ?

Karadoc — Oui, deux fois la une et deux fois la deux.

NOIR

Perceval *(over)* — Bon, bah on reprend tout, c'est plus simple.

43
La Voix Céleste

A. Astier

3 CORS

1. INT. SALLE À MANGER – JOUR

Arthur déjeune seul. Soudain, la voix de la Dame du Lac se fait entendre.

la Dame du Lac *(over)* — Arthur…

Arthur *(étonné)* — Oui ?

la Dame du Lac *(over)* — Écoute-moi…

Arthur — C'est vous ?

la Dame du Lac *(over)* — Oui, c'est moi. Tu dois te rendre à la Grotte Périlleuse…

Arthur — Vous apparaissez pas, aujourd'hui ?

la Dame du Lac *(over)* — Non, pas aujourd'hui.

OUVERTURE

2. INT. TEMPLE PERDU – JOUR

Arthur progresse dans les couloirs, guidé par la voix de la Dame du Lac.

ARTHUR — Et là, c'est où ?

Pas de réponse.

ARTHUR — Ho ho !

LA DAME DU LAC *(OVER)* — Oui, oui, je suis là.

ARTHUR — Ah bon. Je suis pas sûr de pas déjà être passé par là, en fait.

LA DAME DU LAC *(OVER)* — Laisse-toi guider par ton destin.

ARTHUR — Heu… Ouais… Vous voulez pas me donner un petit coup de pouce quand même ? J'ai l'impression que je tourne en rond depuis une heure. Ça commence à me mettre de travers, là.

Pas de réponse.

ARTHUR — Vous m'écoutez ou pas ? Sans déconner, ça devient chiant, maintenant !

LA DAME DU LAC *(OVER)* — Mais je suis là ! Je suis en train de regarder…

ARTHUR — De regarder quoi ?

LA DAME DU LAC *(OVER)* — Ben où vous êtes… J'arrive pas à comprendre comment vous vous retrouvez là, en fait…

ARTHUR — Mais enfin, c'est ce que je vous demande depuis une heure ! Vous me dites que c'est bon !

LA DAME DU LAC *(OVER)* — Bah oui, c'est bon ! Du moins, il me semble… Si vous me laissiez deux minutes, aussi…

ARTHUR — Ah mais je vous laisse tout ce que vous voulez ! Franchement, je préfère attendre plutôt que de cavaler là-dedans !

LA DAME DU LAC *(OVER)* — Vous avez pris à droite ?

ARTHUR — Quand ça ?

LA DAME DU LAC *(OVER)* — Ben… je sais pas…

3. INT. TEMPLE PERDU – JOUR

ARTHUR et LA DAME DU LAC s'invectivent violemment.

ARTHUR *(en colère)* — Vous me dites « Prenez à droite », je prends à droite et après vous me dites « Je comprends pas où vous êtes » ! Faut peut-être arrêter de se foutre de la gueule du monde !

LA DAME DU LAC *(OVER, en colère)* — Mais vous n'avez aucune logique, mon pauvre ami ! Vous avancez là-dedans à l'aveuglette, vous prenez aucun point de repère !

ARTHUR — Mais j'ai pas besoin, normalement, puisque vous me guidez !

LA DAME DU LAC *(OVER)* — Je vous guide, je vous guide… Il faut bien, vous vous débrouillez comme un manche !

ARTHUR — Mais vous me guidez pas, vous êtes encore plus paumée que moi, venez pas me la jouer !

LA DAME DU LAC *(OVER)* — Au début, je vous ai dit « Laisse-toi guider par ton destin ». Je l'ai pas dit, ça, peut-être ?

ARTHUR — Déjà, on peut savoir pourquoi vous me tutoyez ?

LA DAME DU LAC *(OVER)* — Bah… je suis censée représenter votre conscience… ça fait plus intime… De toute façon, vous m'écoutez pas.

ARTHUR — Mais mon destin, mon destin… Qu'est-ce que vous voulez que j'en sache, de mon destin ?

LA DAME DU LAC *(OVER)* — Ah bah c'est sûr, il faut être un petit peu concentré, aussi. Il faut écouter son instinct !

ARTHUR — Mais moi, mon instinct, il me dit de me barrer de là, de rentrer à Kaamelott et d'aller me coucher !

LA DAME DU LAC *(OVER)* — Moi, si c'est ça, je vous guide plus, vous vous débrouillez !

ARTHUR — Ah, attention, hein ! Maintenant que vous m'avez amené là, vous allez me retrouver la sortie, je vous préviens ! Je fais pas six fois le tour du proprio avant de trouver la porte !

LA DAME DU LAC *(OVER, à bout de nerfs)* — Je ne peux pas vous trouver la sortie parce que je ne sais pas où vous êtes !

ARTHUR — Non mais c'est pas vrai !

LA DAME DU LAC *(OVER)* — Quand je vous ai dit « droite », vous avez pris où ?

ARTHUR — Merde, là ! Ça vous va, ça ?

Silence.

ARTHUR — Ho ! Hé ho ! Ah bah non, vous allez pas bouder !

4. INT. TEMPLE PERDU – JOUR

ARTHUR est assis par terre. Il attend.

LA DAME DU LAC *(OVER)* — Arthur…

ARTHUR *(soulagé)* — Ah bah quand même ! Je croyais que vous m'aviez laissé tomber…

LA DAME DU LAC *(OVER)* — Vous savez bien que je serai toujours là pour vous…

ARTHUR — Bah, je sais oui ! C'est pour ça, je commençais à m'inquiéter, un peu…

LA DAME DU LAC *(OVER)* — Jamais je ne te laisserai, Arthur…

ARTHUR laisse résonner cette phrase.

ARTHUR — Donc, là, quand vous me tutoyez, c'est pour faire plus « conscience », c'est ça ?

LA DAME DU LAC *(OVER)* — Si nous nous occupions de te sortir d'ici ?

ARTHUR — Allez, je vous écoute.

LA DAME DU LAC *(OVER)* — Que te dit ton instinct, Arthur ?

ARTHUR *(gardant son calme)* — Attendez, vous allez pas remettre ça avec mon instinct !

LA DAME DU LAC *(OVER)* — Garde ton calme, Arthur, et dis-moi ce que te dicte ton instinct.

ARTHUR *(énervé)* — Mais rien ! Putain mais c'est pas vrai ! Il me dicte que dalle ! Je vous l'ai dit soixante-quinze fois !

LA DAME DU LAC *(OVER)* — Si vous criez, je vous préviens, je m'en vais !

ARTHUR — Eh ben cassez-vous, qu'est-ce que vous voulez que ça me fasse ? Je vous demande de me sortir de ce gourbi — alors que c'est vous qui m'y avez collé — et vous recommencez avec vos conneries d'instinct ! Ça va bien, là !

Silence.

ARTHUR — Vous êtes partie, encore ?

FERMETURE

5. INT. SALLE À MANGER – JOUR

Arthur déjeune seul. Soudain, la voix de la Dame du Lac se fait entendre.

la Dame du Lac *(over)* — Arthur…

Arthur — Hein ! Quoi ?

la Dame du Lac *(over)* — J'ai une mission pour toi !

Arthur — Eh ben tu peux te la garder !

Silence. Arthur se reprend.

Arthur — Excusez-moi mais j'ai mis deux jours pour trouver la sortie, l'autre fois…

NOIR

Arthur *(over)* — Vous êtes partie, encore, là ?

44
L'Invincible

A. Astier

3 CORS

1. INT. COIN DU FEU – NUIT

Léodagan et Lancelot se détendent au coin du feu. Lancelot sirote une petite fiole.

Léodagan — Qu'est-ce que c'est, que vous buvez ?

Lancelot — Une potion pour dormir.

Léodagan — C'est Merlin qui vous a donné ça ?

Lancelot — Oui.

Léodagan — Et ça marche ?

Lancelot *(sans conviction)* — Oui…

Léodagan fixe Lancelot, sans expression.

Lancelot — Non, ça marche pas mais c'est pas désagréable.

OUVERTURE

2. INT. COULOIRS – JOUR

Bohort rencontre Arthur et Lancelot dans les couloirs.

Bohort *(excité)* — Ah, Sire ! Seigneur Lancelot ! Vous ne connaissez pas la nouvelle ?

Arthur — Heu… non…

Lancelot — On n'a pas bien le temps, Bohort, là…

Bohort — Personne ne vous a informé de l'extraordinaire découverte de notre ami Merlin ?

Lancelot — Merlin ?

Arthur — Une extraordinaire découverte ? Vous êtes sûr ?

Bohort — À force de travail, notre Enchanteur a réussi à mettre au point une potion d'invincibilité !

Arthur — Quoi ?

Lancelot — C'est pas possible ? Mais elle marche ?

Bohort — Il paraît que c'est tout à fait prodigieux ! Dame Mevanwi en a à peine ingurgité quelques gorgées qu'elle pouvait plonger ses mains dans l'eau bouillante sans aucune douleur !

Arthur — Dame Mevanwi ?

Lancelot — C'est Dame Mevanwi qui a testé la potion ?

Bohort *(plus flou)* — Oui… Étonnamment… C'est une chose qui m'a aussi paru singulière…

Arthur — Il fait tester ses potions aux Dames de la Cour, lui. Non mais bien sûr !

Lancelot — En tout cas, ça ne change rien à l'exploit !

Arthur — Non, non, évidemment…

Bohort — Je pense qu'il faudrait faire une grande fête pour célébrer le talent de Merlin ! Nous n'afficherons désormais grâce à lui plus que des victoires à toutes nos batailles !

LANCELOT — Ah… si c'est ça, on peut se fendre d'une petite fête, c'est sûr.

3. INT. LABORATOIRE DE MERLIN – JOUR

ARTHUR et LANCELOT sont venus rendre visite à MERLIN.

ARTHUR — On vous dérange pas pendant votre travail, au moins ?

MERLIN — Non, non… Ça va.

LANCELOT — Sinon, vous nous dites, hein ! On voudrait surtout pas vous déconcentrer !

ARTHUR — On n'en a pas pour longtemps. On voudrait juste vous parler deux minutes.

MERLIN — Tant que vous voulez ! C'est vous les patrons !

LANCELOT — Déjà, bravo ! Bravo pour votre performance…

MERLIN — Ma performance… Vous voulez dire en général ?

ARTHUR — Quand vous chiez dans la colle, on n'est pas les derniers à rouspéter alors quand vous faites quelque chose de bien, on s'exprime. C'est la moindre des choses.

LANCELOT *(après un coup d'œil complice à Arthur)* — D'ailleurs, on est tellement contents qu'on a décidé de s'exprimer de façon un peu plus large.

ARTHUR — Demain, grande démonstration publique sur la place du marché !

LANCELOT — Qu'est-ce que vous dites de ça ?

MERLIN — Mais qu'est-ce que vous allez faire comme présentation ?

ARTHUR — Comment ça ?

LANCELOT — Nous, on va rien faire… C'est vous qui allez faire une démonstration de votre sort !

MERLIN — Je suis désolé, je comprends que dalle à ce que vous me chantez.

ARTHUR — Vous avez créé un sort d'invincibilité. Jusque-là, ça va.

MERLIN — Ah, mais vous parlez de ça !

LANCELOT — Évidemment, de quoi voulez-vous qu'on parle ?

MERLIN — Mais j'ai pas fait exprès, de le créer !

ARTHUR — Qu'est-ce que ça veut dire, ça, « j'ai pas fait exprès » ?

MERLIN — Je me suis gouré parce que j'avais mal étiqueté mes fioles ! J'étais en train de faire une tisane pour le mal de gorge de Dame Mevanwi, je me suis mélangé les saucisses !

LANCELOT — Mais c'était pas un sort d'invincibilité ?

MERLIN — Si mais je peux plus le refaire parce que j'ai re-étiqueté mes fioles.

ARTHUR — Non mais vous vous foutez de nous !

LANCELOT — Et la démonstration ?

MERLIN — Si vous voulez, j'ai un pote poissonnier qui sait boire du lait à la paille par les trous de nez…

4. EXT. PLACE DU MARCHÉ – JOUR

MERLIN est installé au centre d'un attroupement. ARTHUR – surveillé par GRÜDÜ – et LANCELOT assistent, craintifs, à la démonstration. BOHORT, en maître de cérémonie, prend la parole.

BOHORT — Braves gens, retenez votre souffle ! Le grand Merlin, Enchanteur de Bretagne, va vous faire démonstration de sa puissante potion d'invincibilité !

MERLIN fait signe à BOHORT de s'approcher et lui parle à l'oreille. ARTHUR et LANCELOT se jettent un regard.

BOHORT *(un peu décontenancé)* — Heu… petite rectification, braves gens : le grand Merlin va nous faire démonstration de son fameux sort de flammèche dans la main.

ARTHUR et LANCELOT ne peuvent masquer leur crainte.

BOHORT *(enflammé)* — En effet, une flamme de l'enfer…

MERLIN lui glisse un mot à l'oreille.

BOHORT *(tempéré)* — Heu non, une flamme ordinaire, me dit-on, va apparaître comme par magie… *(se reprenant)* enfin non, par magie, dans le creux de la main de l'Enchanteur.

MERLIN commence à se concentrer sur sa main. Au bout de quelques secondes, il parle de nouveau à l'oreille de BOHORT.

BOHORT — Brave gens, notre Enchanteur m'informe que, d'habitude, il y arrive très bien mais que là, visiblement, ça marche pas.

FERMETURE

5. EXT. PLACE DU MARCHÉ – JOUR

Merlin est couvert de fumier. Bohort l'aide à s'en débarrasser, tant bien que mal.

Arthur *(s'essuyant les mains)* — Je suis désolé.

Lancelot — Quand même, Sire…

Grüdü — Devant tout le monde, en plus.

Arthur — Non mais, j'en suis pas fier… Mais bon, juste à ce moment-là, il y a un mec qui passe devant moi avec un seau de fumier…

Lancelot — J'ai quand même peur que ce soit pas bien bon pour sa popularité.

NOIR

Arthur *(over)* — Ouais, mais c'est bon pour mes nerfs. On peut pas tout avoir.

45
Amen

A. Astier

3 CORS

1. EXT. PLACE DE LA CHAPELLE – JOUR

Karadoc et Kadoc fuient en courant. Père Blaise, qui les poursuivait, arrive au milieu de la place et leur jette une pierre.

Kadoc *(off, au loin)* — Aïe !

Père Blaise *(hors de lui)* — On ne pisse pas contre le mur de la chapelle ! C'est clair, ça ?

Il retourne vers la chapelle. Une fois de dos, une pierre le manque de peu. Il se retourne et repart à la chasse aux blasphémateurs.

OUVERTURE

2. EXT. FORÊT – JOUR

Arthur, Lancelot, Léodagan et Calogrenant sont dissimulés derrière des arbres. Ils parlent à voix basse.

Léodagan — Moi, je vous préviens, j'en ai plus que marre ! Là ! Voilà deux jours qu'on campe dans la forêt pour prendre ces connards par surprise, résultat : on se fait repérer ! On aurait mieux fait de venir là avec soixante mecs, ça aurait duré vingt minutes et à cette heure-ci, on serait en train de roupiller dans nos plum' !

LANCELOT — Ah c'est sûr ! Dès qu'on essaye une stratégie un tout petit peu moins primaire que d'habitude, ça déstabilise !

CALOGRENANT — C'est pas que ça déstabilise, c'est qu'on s'est fait repérer !

ARTHUR — Écoutez, on peut encore essayer une approche par le Sud-Est ! C'est le seul truc qu'on ait pas tenté.

CALOGRENANT — Mais s'ils savent qu'on est là, on pourra bien tenter par tous les côtés qu'on veut, ils nous attendent !

LANCELOT — Non et puis c'est surtout qu'on a plus le temps !

ARTHUR — Comment ça « on n'a plus le temps » ?

LANCELOT — Ah oui ! Père Blaise nous a dit : « Dimanche matin, première messe officielle dans notre chapelle. »

ARTHUR — Ah merde, je l'avais oubliée, celle-là.

LANCELOT — Il faut qu'on parte maintenant.

LÉODAGAN — Quoi ? Eh ben j'aime autant vous dire que si on rentre maintenant, il y a pas de messe qui tienne : je vais me coucher !

ARTHUR — Calogrenant, vous restez, vous êtes pas chrétien, vous.

LANCELOT — Vous tentez le Sud-Est !

3. EXT. PLACE DE LA CHAPELLE – JOUR

Arthur et Lancelot sortent de la chapelle, accompagnés de Père Blaise.

Père Blaise — Alors ? Allez, en toute franchise, qu'est-ce que vous en avez pensé ?

Arthur — Ben… Non, c'était pas mal ! C'était pas mal…

Lancelot — Je pense qu'il faut qu'on prenne un peu le temps de s'y faire, quoi…

Père Blaise — La première messe chrétienne de Kaamelott ! C'est quand même émouvant !

Arthur — Ah bah c'est sûr, c'était…

Lancelot — J'aurais cru qu'il y ait plus de monde, moi.

Arthur — Oui, c'est vrai qu'on était pas des masses.

Père Blaise — Je crois qu'il faut le temps que le truc prenne un peu. Et puis tout le monde parle pas latin !

Lancelot — Oui d'ailleurs, je me suis demandé à un moment si c'était pas un peu une difficulté, ça, pour les gens…

Arthur — Bah oui, parce que déjà, nous on parle latin et… bon, c'est pas qu'on s'est fait chier mais… disons qu'il faut s'accrocher, un peu !

Lancelot — Moi, j'ai regardé un peu ceux qui étaient à côté de moi…

Père Blaise *(curieux)* — Ouais, et alors ?

Lancelot — Il y a quand même un ou deux qui ont tenu jusqu'à la fin sans dormir.

Père Blaise — Quoi ? Il y en a qui ont dormi ?

Arthur — Ah bah carrément ! Attendez, Père Blaise, ils comprennent pas ce que vous dites ! Il faut se mettre un peu à leur place, aussi !

Père Blaise — Mais il y a pas forcément besoin de comprendre ! Il y a le côté solennel…

Lancelot — Non mais après, il y a de l'ambiance, c'est pas le problème !

Arthur — C'est obligé d'être en latin ? Vous pouvez pas faire moitié-moitié ?

Père Blaise — À la limite, le truc qu'on pourrait faire, c'est décréter que la présence aux messes est obligatoire. Comme ça, ils viennent et puis c'est tout. Après, une fois qu'ils sont là, je m'en tape, moi, qu'ils comprennent ou pas.

4. EXT. FORÊT – JOUR

Arthur, Léodagan, Lancelot et Calogrenant sont de nouveau dissimulés. Ils hésitent sur la stratégie à employer.

Léodagan — Qu'est-ce qu'on est nuls en furtif !

Lancelot — C'est peut-être eux qui sont forts, aussi !

Calogrenant — Comment ils font, bon Dieu ?

Léodagan — Avec un pif pareil, ils feraient mieux de chercher des truffes au lieu de nous emmerder !

Arthur — Non, il reste une solution, on retourne à la petite clairière où ils sont que trois et on les dérouille dans le feutré.

Léodagan — Dans le feutré ?

Arthur — Ben on fait ça vite, discret, et on gueule pas « Yaaaa ! » quand c'est fini !

Calogrenant — Il y a intérêt à pas merder parce que s'il y en a un qui couine un peu fort…

LÉODAGAN — Ouais… on a le reste de l'équipe sur le dos à trente contre un.

LANCELOT — Par contre, Sire, qu'est-ce qu'on fait des recommandations de Père Blaise ?

ARTHUR — Quelles recommandations ?

LANCELOT — Ben, la messe… Il me semble bien avoir entendu quelque chose comme : « Tu ne tueras point »…

ARTHUR — Vous êtes sûr ? Je me rappelle pas ça, moi.

LANCELOT — Je suis pas un expert en latin mais il me semble.

ARTHUR — Ça devait pas être pour nous qu'il disait ça. « Tu ne tueras point », comment on fait, nous, derrière ? Non, ça devait être en général, comme ça… « Tu ne tueras point… » Allez, on y va.

Ils partent.

FERMETURE

5. EXT. PLACE DE LA CHAPELLE – JOUR

ARTHUR et LANCELOT sortent de la chapelle avec PÈRE BLAISE.

PÈRE BLAISE — Ça s'est pas mal passé, aujourd'hui !

ARTHUR — Heu, par contre, on se demandait un truc : est-ce que toutes les semaines, c'est pas un peu trop ?

PÈRE BLAISE — Non…

LANCELOT — Si. Nous, on s'était plutôt dit que si.

PÈRE BLAISE — Moi, il me semble pas…

ARTHUR — Oui mais parce que vous… Mais si, c'est trop. Alors on espace.

Père Blaise — Mais on espace comment ?

NOIR

Arthur *(over)* — On espace carrément.

46
Le Cadeau

A. Astier

3 CORS

1. EXT. COUR DE LA CHAPELLE – JOUR

Arthur déjeune avec la Reine, dehors. Il remarque quelque chose sur la table.

Arthur *(souriant)* — Hé, regardez la petite coccinelle…

Guenièvre tue l'animal d'un violent coup de paume.

Arthur — Non mais ça va pas mieux !

Guenièvre — Bah… je croyais qu'elle vous dérangeait !

Arthur — J'ai pas fait : *(sur un ton exagérément dégoûté)* « Hé, regardez, la petite coccinelle ! »

Guenièvre — Bah c'est pas ce que vous avez dit ?

Arthur quitte la table.

OUVERTURE

2. EXT. FORÊT – JOUR

CALOGRENANT rejoint ARTHUR, LÉODAGAN et les soldats de Kaamelott.

CALOGRENANT *(le souffle court)* — Eh ben il est pas à côté, le camp ennemi, je vous le dis !

ARTHUR — Alors ? Ils se rendent ou ils se rendent pas ?

CALOGRENANT — Non, non, ils se rendent. Il pètent de trouille, ces cons.

LÉODAGAN — Quand même ! *(à Arthur)* Comme quoi, les catapultes, ça coûte cher mais ça impressionne.

CALOGRENANT *(soudain)* — Ah merde !

LÉODAGAN — Qu'est-ce qu'il y a ?

CALOGRENANT — Ah non ! J'ai oublié votre cadeau, là-bas !

ARTHUR — Quel cadeau ?

CALOGRENANT — Bah le cadeau ! C'est la tradition, chez ces glands. Quand on se soumet, on donne un truc au Chef d'en face !

ARTHUR — Oui bah, c'est bon, on s'en tape, non ?

CALOGRENANT — Ah non, ils vont mal le prendre !

LÉODAGAN — Qu'est-ce que ça peut bien nous foutre ? Ils se rendent, de toute façon…

CALOGRENANT — Si on va pas chercher le cadeau, ça va les vexer… si ça se trouve, ils se rendent plus !

ARTHUR — Mais qu'est-ce que c'est comme cadeau ?

CALOGRENANT — Un bouc.

ARTHUR — Quoi ?

CALOGRENANT — Un petit bouc. Bah, pour eux, c'est précieux !

LÉODAGAN — Ah, les pégus !

ARTHUR — Qu'est-ce que vous voulez que je foute d'un bouc ?

CALOGRENANT — C'est une petite femelle, elle s'appelle « Ferme ta gueule ». Parce que quand elle est née, elle arrêtait pas de couiner.

3. INT. CHAMBRE DE DEMETRA – SOIR

ARTHUR est au lit avec DEMETRA. Il tient dans ses bras un petit chevreau.

DEMETRA — Vous comptez me donner des explications, ou pas ?

ARTHUR — À propos… ?

DEMETRA *(désignant le chevreau)* — À propos de ça.

ARTHUR — C'est compliqué… c'est une histoire de protocole. Je pense pas que ça vous intéresse des masses, le protocole, si ?

DEMETRA — Le protocole, non, mais ce que vous foutez avec un bouc dans mon lit, je me ferais volontiers une idée…

ARTHUR — Ben, c'est un cadeau. Voilà.

DEMETRA — On vous offre des boucs, à vous, maintenant ?

ARTHUR — On m'offre des tas de choses.

DEMETRA — Bon, est-ce que vous pouvez vous dépêcher d'aller mettre ce machin à la bergerie ?

ARTHUR — Je vais pas le mettre à la bergerie ! Il faut le nourrir au biberon. Ils l'ont retiré à sa mère trop tôt, ces cons-là. *(se saisissant d'un biberon)* Tiens, d'ailleurs, il doit avoir les crocs.

Il donne la tétée au chevreau.

DEMETRA — Vous vous rendez compte que vous amenez des boucs dans ma chambre ?

ARTHUR — J'amène pas des boucs, déjà ! Et puis, si vous êtes pas contente du service, vous pouvez toujours retourner chez votre père. La vie à la ferme, il y a rien de plus sain !

DEMETRA — Ah bravo... Très classe ! Tout ça pour pas fournir d'explications !

ARTHUR — J'ai pas d'explications à fournir ! Je suis chez moi ! Oubliez pas que si vous étiez pas ma maîtresse, à cette heure-ci, vous seriez en train de trier des blettes pour la soupe de demain !

DEMETRA — L'intérêt d'être votre maîtresse, c'est justement d'arrêter de vivre comme une pécore ! Parce que si c'est pour dormir avec des boucs, effectivement, j'aurais mieux fait de rester chez moi !

ARTHUR — Eh ben retournez-y, chez vous ! Personne vous retient ! *(parlant au chevreau)* Hein, qu'on est bien tous les deux ? Hein, ma belle ?

DEMETRA — Vous êtes quand même pas facile...

DEMETRA regarde l'animal et se détend un peu.

DEMETRA — Comment elle s'appelle ?

ARTHUR — « Ferme ta gueule. »

4. INT. CHAMBRE DE DEMETRA – NUIT

ARTHUR dort à poings fermés. DEMETRA est tenue éveillée par les bêlements du chevreau, qui n'est plus sur le lit. Elle se décide à réveiller le Roi en le secouant.

ARTHUR — Hein !

DEMETRA — Il faut faire quelque chose parce que là, je suis au bord de la crise de nerfs.

ARTHUR — Faire quelque chose à quoi ?

DEMETRA — À votre bestiole qui arrête pas de chevroter !

ARTHUR — Mais… j'entends rien, moi…

DEMETRA — Là elle gueule pas mais ça fait une heure et demie qu'elle m'empêche de fermer l'œil !

ARTHUR — Vous êtes sûre que vous exagérez pas, un peu ?

Le chevreau bêle.

DEMETRA — Tiens !

ARTHUR *(avec tendresse)* — Oh bah où elle est ?

Il se lève et part dans la pièce.

DEMETRA — Ah bah vous choisissez votre camp, vous !

ARTHUR *(OFF)* — Vous allez arrêter de râler, cinq minutes, oui ?

DEMETRA *(énervée)* — Est-ce que vous allez finir par vous décider à mettre cette saloperie dehors ?

ARTHUR *(OFF)* — Si je faisais comme ça pour tous les emmerdeurs, vous passeriez une bonne partie de l'année en plein air, vous !

DEMETRA — Ah, écoutez ! Prenez votre bestiau et allez dormir dans votre chambre !

ARTHUR *(OFF, appelant)* — Ferme ta gueule !

DEMETRA *(outrée)* — Quoi ?

Le chevreau bêle.

ARTHUR *(OFF)* — Ah, elle est là.

FERMETURE

5. INT. CHAMBRE DE DEMETRA – NUIT

ARTHUR est de nouveau au lit avec DEMETRA et tient dans ses bras la petite chèvre. Il câline affectueusement la bête.

DEMETRA — On se demande vraiment qui vous préférez !

ARTHUR — Quelle est la différence entre la chèvre et vous ?

DEMETRA — Je sais pas mais je sens que ça va pas me plaire…

ARTHUR — La chèvre, elle a bêlé cinq minutes, vous, vous râlez depuis presque trois heures. Pensez-y.

DEMETRA *(haussant les épaules)* — C'est malin !

ARTHUR sourit à la chèvre.

ARTHUR — Ferme ta gueule…

DEMETRA *(agacée)* — Ah et puis ce nom…

NOIR

ARTHUR *(OVER)* — Non, non, là, c'était pour vous.

47
Le Complot

A. Astier

3 CORS

1. INT. CHAMBRE D'ARTHUR – SOIR

Guenièvre, sortant péniblement de son sommeil, s'étonne de trouver Arthur parfaitement réveillé, assis dans le lit.

Guenièvre — Qu'est-ce qui se passe ? Vous dormez pas ?

Arthur — J'ai l'impression qu'il y a quelqu'un qui marche dans le couloir…

Guenièvre — Quelqu'un qui marche ?

Arthur — Il faut que j'aille voir.

Guenièvre — Vous pouvez pas faire comme tout le monde, non ? Crier « au secours », appeler la garde…

Arthur — Si ça se trouve, il y a personne, c'est moi qui rêve… Si je réveille la garde pour rien, je vais passer pour quoi ?

OUVERTURE

2. INT. CUISINES – NUIT

ARTHUR entre à pas de loup dans la cuisine plongée dans l'obscurité. Comme il progresse dans la pièce, il remarque un courant d'air qui fait vaciller la flamme de ses bougies. Alerté, il fait mine de continuer son chemin naturellement. Dans son dos, une ombre progresse. Sentant le coup arriver, il pare la dague de l'assassin avec son chandelier. Une lutte s'engage ; la lame s'approche dangereusement de son visage.

ARTHUR *(criant)* — Gardes ! Gardes !

De sa main libre, ARTHUR détache du chandelier un poignard escamotable, à la plus grande surprise du tueur qui se retrouve éventré à plusieurs reprises sans avoir eu le temps de réagir. L'assassin tombe à terre.

ARTHUR *(aux gardes)* — C'est bon, laissez tomber, je me suis démerdé, finalement. Par contre, demain, on va réviser un peu les manœuvres d'intervention nocturnes ! Parce qu'il me semble que ça pourrait être optimisé !

3. INT. SALLE DE LA TABLE RONDE – JOUR

BOHORT, LÉODAGAN et PERCEVAL ont organisé une réunion d'urgence avec ARTHUR.

BOHORT — C'est affreux, Sire ! Le tueur a été envoyé par plusieurs Chefs de Clan en colère.

PERCEVAL — C'est des enfoirés, ces Chefs de Clan. Je l'ai toujours dit, moi.

LÉODAGAN — Non mais faut pas généraliser…

ARTHUR — En plus, je vois pas ce qu'ils me reprochent, ces cons-là ! Ils payent pas de taxe, ils prennent pas part au combat et on leur envoie de la bouffe par-dessus le marché.

LÉODAGAN — En tout cas, leur tueur, on l'a fait cramer. S'ils veulent le reprendre, il est facile à transporter.

ARTHUR — C'est les Chefs de quels Clans, d'abord ? Vous avez la liste ?

BOHORT — Oui, tous les Clans qui sont contre vous ont mis leur sigle sur cette page.

PERCEVAL — Ils ont pas peur, les mecs !

LÉODAGAN *(prenant la page)* — Ils ont mis leur sigle, ces fumiers ?

ARTHUR — Faites voir… Je connais pas tous les sigles par cœur mais bon…

LÉODAGAN — Non, non mais c'est bon.

ARTHUR — De quoi ?

LÉODAGAN — C'est bon, vous allez pas vous crever à déchiffrer les sigles…

PERCEVAL — Faites-voir… peut-être que je vais en reconnaître un ou deux du Pays de Galles !

LÉODAGAN — Oh vous, mêlez-vous de vos fesses. Quand on aura besoin de vos avis…

ARTHUR — Mais donnez la page, c'est pas vrai !

LÉODAGAN — Mais non !

ARTHUR — Vous allez me la donner, oui ?

LÉODAGAN — Mais pour quoi faire ? C'est des sigles !

ARTHUR *(criant)* — Donnez-moi ce papelard !

LÉODAGAN *(passant la page)* — Vous savez rien demander sans gueuler.

ARTHUR *(parcourant la feuille)* — Ouais, celui-là, c'est l'autre fumier, là… Je sais plus son nom… Et puis celui-là, avec le bouclier rayé, c'est machin, là… J'ai jamais pu le blairer, lui. Et…

ARTHUR bloque sur un sigle.

ARTHUR — Mais… Et celui-là, là ? Avec les deux vipères rouges…

PERCEVAL — Ah celui-là, c'est plus qu'un Clan ! C'est la Carmélide !

BOHORT *(se retournant vers Léodagan)* — La Carmélide…

LÉODAGAN — Eh ben, quoi ?

BOHORT — C'est… C'est plus vous, le Roi de Carmélide ?

LÉODAGAN — Si… Mais j'étais pas là, le jour où ils ont décidé de l'attentat…

4. INT. GEÔLES – JOUR

LÉODAGAN est enfermé. ARTHUR s'apprête à partir.

LÉODAGAN — C'est marrant, je sens que vous l'avez mal pris.

ARTHUR — Mal pris, non.

LÉODAGAN *(sceptique)* — Ah… je sais pas.

ARTHUR — Non, non, c'est pas ça. Disons que c'est pour être tranquille..

LÉODAGAN — Moi, je trouve que vous pourriez mettre votre orgueil dans la poche.

ARTHUR — Je vois pas ce que l'orgueil vient foutre là-dedans !

LÉODAGAN — Mais si. On a voulu intenter à vos jours, alors voilà, vous le prenez mal…

ARTHUR — Sans le prendre mal, c'est vrai que je m'attendais pas à un complot de votre part…

LÉODAGAN — « Un complot »… Ça y est.

ARTHUR — Je suis désolé, c'est comme ça que ça s'appelle.

LÉODAGAN — Oui mais forcément, sorti de son contexte, ça a l'air d'un truc énorme…

ARTHUR — Vous avez pas cherché à me zigouiller ?

LÉODAGAN — Déjà, non, pas directement.

ARTHUR — Bon ben, indirectement, vous avez pas cherché à me zigouiller ?

LÉODAGAN — Indirectement, si. Mais dans votre bouche, ça sonne pas pareil.

FERMETURE

5. INT. GEÔLES – JOUR

LÉODAGAN est seul dans sa geôle. Il s'adresse à la cantonade.

LÉODAGAN *(fort)* — Non mais j'ai certainement eu tort de m'embarquer avec tous ces péquenauds ! Ça, je le reconnais volontiers !

Pas de réponse.

LÉODAGAN — Moi, j'ai voulu faire plaisir, et voilà ! Ils ont abusé de ma naïveté ! Qu'est-ce que vous voulez, je sais pas dire non…

NOIR

LÉODAGAN *(OVER)* — Vous savez ce que c'est mon problème ? Je suis trop gentil.

48
La Vigilance D'Arthur

A. ASTIER

3 CORS

1. INT. SALLE DU TRÔNE – JOUR

ARTHUR et PÈRE BLAISE sont assis.

ARTHUR — Bon, allez, il faut que je reçoive quelqu'un, là.

PÈRE BLAISE — Maintenant, là ?

ARTHUR — Oui, oui, c'est assez important.

PÈRE BLAISE — D'accord.

PÈRE BLAISE se plonge dans son parchemin. ARTHUR semble gêné.

ARTHUR — Je me suis mal exprimé… Il faut que je reçoive quelqu'un, donc : est-ce que vous pouvez vous barrer ?

OUVERTURE

2. INT. SALLE DU TRÔNE – JOUR

ARTHUR, seul, assis sur son trône, reçoit LANCELOT qui arrive.

LANCELOT — Vous m'avez fait demander, Sire ?

ARTHUR *(minimisant l'importance)* — Oui, je voulais m'entretenir avec vous.

LANCELOT *(constatant la pièce vide)* — Seul à seul ?

ARTHUR — Heu… non pas particulièrement… Bon, il se trouve que là, je suis seul.

LANCELOT — Bah, je viens de croiser Père Blaise qui sortait d'ici.

ARTHUR — Oui, il était là. M'enfin, il a eu besoin d'aller faire je sais pas quoi…

LANCELOT — Il m'a dit que vous lui aviez demandé de sortir…

ARTHUR — Bon bah ça va, maintenant ! Je vous dis que j'ai pas besoin de vous parler seul à seul ! Si je vire l'autre, je me retrouve seul et du coup, on est seul à seul, c'est tout !

LANCELOT — Non mais de toute façon, il y a les gardes.

ARTHUR — Ah oui. *(aux gardes)* Bon bah, sortez !

Les gardes se regardent étonnés.

ARTHUR — Non mais c'est pas la peine de réfléchir une plombe ! Je vous dis de sortir, vous décarrez, c'est tout !

Les gardes sortent.

ARTHUR *(à Lancelot)* — Ils commencent à doucement me faire chier, ceux-là aussi.

LANCELOT — Du coup, là, on est seul à seul.

ARTHUR — Ah merde, là !

3. INT. SALLE DU TRÔNE – JOUR

Arthur reprend ses esprits avant de s'adresser à Lancelot.

Arthur — C'est un peu délicat.

Lancelot — Je vous écoute.

Arthur — Oui oui, non mais vous m'écoutez mais, c'est un peu délicat.

Lancelot — Sire… vous savez que vous pouvez tout me dire !

Arthur — Je sais bien… Voyez-vous, parfois, il m'arrive de m'absenter. Et du coup…

Lancelot — Vous savez, Sire, ce que vous faites en dehors de vos activités de Chef d'État ne me regarde absolument pas.

Arthur *(à lui-même, coupé dans son élan)* — Non mais on s'en fout… Il s'agit pas de ça. *(à Lancelot)* Écoutez, essayez de pas me couper parce que…

Lancelot — Excusez-moi, Sire.

Arthur — Voilà, parce qu'on va pas s'en sortir.

Lancelot — Je vous écoute.

Arthur — Il m'arrive de m'absenter. Et quand je m'absente, on dit — alors après, ce sont des choses qu'on me rapporte, j'ai pas vérifié — que ma femme — la Reine — et vous, vous côtoyez de façon assez significative.

Lancelot — Quand vous vous absentez ?

Arthur — Quand je m'absente. Encore une fois, c'est ce qu'on me rapporte.

Lancelot — Non mais c'est pas entièrement faux. Il est vrai qu'au-delà de l'aspect sécurité…

Arthur — L'aspect sécurité ?

Lancelot — Eh bien, en votre absence, il est bien normal que quelqu'un protège la Reine…

Arthur — Ah oui, bien sûr… Non mais c'est évident !

Lancelot — Au-delà de ça, je pense que notre Reine trouve en moi le réceptacle attentif de ses questionnements les plus enfouis…

Arthur — J'ai rien compris. Qu'est-ce qu'elle trouve ?

Lancelot — Je suis son confident.

Arthur — Ah ! Oui, d'accord. *(à lui, las)* Non mais je m'en fous, de ça.

4. INT. SALLE DU TRÔNE – JOUR

Arthur se concentre pour ne pas perdre le fil de sa pensée.

Arthur — Ce que je veux vous dire, c'est qu'on ne peut pas empêcher les gens de jaser.

Lancelot — Mais, quels gens ?

Arthur — Tous les gens. Vous comprenez, quand ils voient que la Reine et vous passez pas mal de temps ensemble et que moi, je suis pas là parce que je me suis absenté… ça jase.

Lancelot — Effectivement, ça me semble inévitable.

Arthur — Eh oui, mais c'est emmerdant.

Lancelot — Mais… vous-même, Sire… vous… Enfin, je veux dire… avec tous ces gens qui viennent vous dire des choses, j'espère qu'il ne vous est jamais venu à l'esprit que je pouvais… vis-à-vis de la Reine…

Arthur fixe Lancelot d'un regard sévère sans dire le moindre mot. Lancelot est au plus mal.

LANCELOT — Sire…

ARTHUR *(émergeant de son égarement)* — Mhh ? Non, excusez-moi, je pensais à autre chose. Enfin voilà, essayez de faire gaffe. Vous pouvez disposer.

LANCELOT respire.

FERMETURE

5. INT. SALLE DU TRÔNE – JOUR

ARTHUR rattrape LANCELOT à la porte de la salle.

ARTHUR — Seigneur Lancelot, encore une chose !

LANCELOT *(revenant)* — Sire ?

ARTHUR — Quand vous discutez avec la Reine, vous parlez de moi ou pas ?

LANCELOT reste sans voix.

ARTHUR — Vous voulez pas me répondre ?

LANCELOT — C'est-à-dire… j'essaye d'imaginer ce qui vous mettrait le plus en rogne : qu'on parle de vous on qu'on n'en parle pas…

ARTHUR — Je crois que les deux me gonfleraient tout autant.

LANCELOT réfléchit encore une demi-seconde.

NOIR

LANCELOT *(OVER)* — Ben alors… disons que ça dépend des fois.

49
Les Chiens De Guerre

A. Astier

3 CORS

1. EXT. PLACE DE LA CHAPELLE – JOUR

Karadoc et Kadoc se disputent.

Kadoc — Et pourquoi je pourrais pas avoir un chien ?

Karadoc — Maman a dit non, c'est tout !

Kadoc — C'est juste pour mettre des coups de pied !

Karadoc — Non ! On met pas des coups de pied aux chiens quand on est gentil !

Kadoc — J'en ai marre de donner toujours des coups de pied aux poules !

OUVERTURE

2. EXT. REMPARTS – JOUR

Bohort et Léodagan arrivent en hâte vers Arthur.

Léodagan — Bon, on arrive pas à passer, on se fait repérer à chaque fois.

Arthur — Non mais c'est par vrai ! Comment vous vous démerdez ?

BOHORT — C'est à cause de leurs chiens, Sire ! Même si on est discrets, ils nous reniflent à une lieue !

ARTHUR — Mais enfin, on va pas se laisser envahir sans rien faire sous prétexte qu'ils ont des chiens !

LÉODAGAN — Allez-y, vous, si vous vous sentez ! Nous, ça fait trois fois qu'on se fait courser comme des lièvres, je commence à en avoir léger marre !

BOHORT — Parce qu'une fois qu'ils nous ont repérés, ils nous pourchassent !

LÉODAGAN — Saloperie de clébards, alors ! Pas moyen de les semer à moins de passer par la rivière !

BOHORT *(désignant ses jambes)* — Regardez, Sire, on est trempés jusqu'aux genoux !

ARTHUR — Vous pouvez pas les flinguer au lieu de fuir ?

LÉODAGAN — Non mais vous avez pas vu la taille des trucs !

BOHORT — Ce sont des monstres, Sire ! Aussi larges que hauts, tout en muscles !

LÉODAGAN — Avec des chicots de deux pouces de long !

ARTHUR — Bon bah allez, on abandonne Kaamelott. Tous aux navires ! On peut pas rester parce qu'il y a des chiens-chiens !

BOHORT — Du coup, on peut aller dans un pays chaud ?

3. INT. SALLE DE LA TABLE RONDE – JOUR

ARTHUR et PÈRE BLAISE ont convoqué GALESSIN.

ARTHUR — Alors voilà. On a décidé de faire appel à vous.

PÈRE BLAISE — Enfin « à vous »... À votre pays.

GALESSIN — Ne me dites pas que vous avez besoin d'argent !

PÈRE BLAISE — Non, on n'a pas besoin d'argent.

GALESSIN — Eh ben vous avez de la chance. Parce que moi, je peux vous dire...

ARTHUR — Non, houlà ! Écoutez, on va pas y passer deux heures : on voudrait s'équiper en chiens de guerre.

GALESSIN ne réagit pas.

PÈRE BLAISE — Ça a pas l'air de vous bouleverser...

GALESSIN — Parce que c'est bouleversant ?

ARTHUR — Non mais quand même... C'est pas votre spécialité, le dressage de chiens de guerre, en Orcanie ?

GALESSIN *(sans conviction)* — Si...

PÈRE BLAISE — Vous êtes sûr ?

GALESSIN — Oui, oui, seulement c'est un peu réducteur de parler de spécialité ! Parce qu'à ce compte-là, des spécialités, on en a tout le tour du ventre !

ARTHUR — Oui mais nous, ce qui nous intéresse, c'est les chiens de guerre.

PÈRE BLAISE — Mais qu'est-ce qu'il y a d'autre, comme spécialités ?

GALESSIN — Les friands à la saucisse.

ARTHUR — Non mais on s'en fout !

GALESSIN — Vous avez tort ! On a des bourgeois qui viennent de Byzance pour les déguster !

ARTHUR — Eh ben tant mieux ! En attendant, nous, on veut des chiens de guerre.

GALESSIN — Le truc, c'est que le dressage, normalement, on le fait plus.

PÈRE BLAISE — Vous le faites plus ? Mais depuis quand ?

GALESSIN — Depuis deux cents ans, à peu près.

ARTHUR — C'est pas possible !

GALESSIN — Non mais, je vais bien vous trouver un vieux qui se souvient comment on fait…

PÈRE BLAISE — Un vieux de deux cents ans ?

GALESSIN — Je me débrouille.

ARTHUR et PÈRE BLAISE sont déprimés.

GALESSIN — Sinon pour les friands, pas de regret ?

4. EXT. FORÊT – JOUR

ARTHUR et LÉODAGAN marchent en tête. LANCELOT et CALOGRENANT suivent à quelques pas. Dans les bras de LANCELOT : un chien minuscule.

ARTHUR — Bon alors, vous vous pointez, oui ?

CALOGRENANT — Une seconde, non ?

LANCELOT — Le chien est pas rassuré !

LÉODAGAN — C'est devant, qu'il devrait être, le chien ! S'il reste derrière, ça sert à rien !

LANCELOT — Il a peur de l'environnement ! Il doit sentir les animaux sauvages !

CALOGRENANT — Il y a trop de bestioles dans cette forêt ! Je l'ai toujours dit, moi.

ARTHUR — Il est censé renifler les ennemis, bon Dieu ! Avec vos conneries, on va tomber sur le camp ennemi comme des fleurs et on va se faire fumer !

LÉODAGAN — Posez-le par terre au moins, le clebs ! Sinon, il s'habituera jamais !

LANCELOT — On va pas le faire marcher pendant trente lieues !

CALOGRENANT — Regardez les petites pattes qu'il a ! Il se crève plus vite que nous, figurez-vous !

ARTHUR — Posez cette saloperie par terre immédiatement ! C'est un ordre !

LANCELOT pose le chien par terre. Immédiatement, celui-ci part à toute vitesse dans la direction opposée à celle de la marche des Chevaliers.

LÉODAGAN — Mais où il va ?

CALOGRENANT *(attendri)* — Oh, il rentre à Kaamelott…

LANCELOT *(à Calogrenant)* — Ils sont futés, ces petits chiens !

ARTHUR regarde LÉODAGAN.

ARTHUR — C'est pas mon truc, les bêtes, moi.

FERMETURE

5. INT. SALLE DE LA TABLE RONDE – JOUR

ARTHUR et PÈRE BLAISE ont de nouveau convoqué GALESSIN.

GALESSIN — Donc si je comprends bien, vous êtes pas satisfaits.

ARTHUR — Pas des masses, non.

GALESSIN — C'est sûr, c'est une technique bien particulière ! Et puis, c'est pas dans votre culture, les chiens de guerre ! *(sortant un petit linge)* C'est comme là, je vous ai apporté un friand…

GALESSIN *(OVER)* — … eh ben, la saucisse, quand on est pas habitué, elle arrache un peu.

50
Always

A. Astier

3 CORS

1. INT. CHAMBRE DE DEMETRA – NUIT

Arthur et Demetra sont au lit.

Demetra — C'est vrai, ce qu'on dit ? Que le Seigneur Perceval est introuvable ?

Arthur — Oui.

Demetra — Vous croyez pas qu'il lui est arrivé quelque chose ?

Arthur — Non.

Demetra — Qu'est-ce que vous en savez ?

Arthur — Parce que le Seigneur Perceval ne se met jamais en situation dangereuse. Pour ça, il fait preuve d'une intelligence redoutable.

OUVERTURE

2. EXT. FORÊT – JOUR

Léodagan et Calogrenant, choqués, rejoignent Arthur et Lancelot.

ARTHUR — Alors ?

CALOGRENANT — Ben… c'est bon. Ils se rendent.

LÉODAGAN — Ils remballent tout et demain à l'aube, ils seront partis.

ARTHUR — Bon !

LANCELOT — Ben c'est plutôt une bonne nouvelle, non ?

LÉODAGAN et CALOGRENANT se concertent du regard.

CALOGRENANT — Si…

ARTHUR — Non mais qu'est-ce que c'est que ces tronches que vous tirez ?

LANCELOT — On a gagné, bon sang ! C'est pourtant pas si souvent !

CALOGRENANT *(tendant un petit message à Arthur)* — On a intercepté un messager, Sire. Et heu…

LÉODAGAN — Ouais… Je vous préviens, ça va vous faire un choc.

ARTHUR *(lisant et se décomposant)* — Merde… C'est pas vrai !

LANCELOT — Un problème, Sire ?

ARTHUR — Perceval est mort.

LANCELOT — Quoi ?

ARTHUR *(aux deux autres)* — Vous êtes sûrs que c'est pas du flan ?

CALOGRENANT — Bah vous avez vu, c'est son oncle qui écrit.

LÉODAGAN — Et il était justement chez son oncle. Il y a pas de doute possible !

ARTHUR *(à lui-même)* — Ah putain, il est mort, ce con-là…

3. INT. CUISINES – NUIT

ARTHUR entre dans la pièce et s'approche de la table. LÉODAGAN et KARADOC sont là.

ARTHUR — Vous non plus, vous arrivez pas à dormir ?

LÉODAGAN — Je suis pas dans mon assiette.

KARADOC — Je me suis dit : « Tu vas manger un quignon de pain… » Ça passe pas.

LÉODAGAN — Il y a pas à dire, ça fait quand même quelque chose.

ARTHUR — Ben moi — vous allez peut-être dire que je deviens louf —, j'ai l'impression qu'il me parle.

KARADOC — Non, moi aussi, ça me le fait.

LÉODAGAN — Ah non. Moi, non.

ARTHUR — Au début, je croyais que c'était un rêve et puis non… Même bien réveillé, assis sur le plumard et tout, j'entends des trucs.

LÉODAGAN — Quoi comme trucs ?

ARTHUR — Comme des conseils, qu'il me donnerait.

KARADOC — Ouais, moi pareil.

LÉODAGAN — Ouais mais des conseils comment ?

KARADOC — Ben moi, c'est lui qui m'a dit de venir ici, par exemple.

LÉODAGAN — De venir où ? À la cuisine ?

KARADOC — Ouais. C'est comme si j'entendais sa voix.

LÉODAGAN — Mais ça sert à quoi comme conseil, ça ?

KARADOC — C'était pas vraiment un conseil. C'était plutôt une proposition. « Tiens, et si t'allais à la cuisine… ? »

Arthur — Non mais moi, c'est mieux que ça, quand même.

Léodagan — Il vous dit pas d'aller à la cuisine, vous ?

Arthur — Non, moi, c'est plus flou… C'est comme s'il m'encourageait à repenser certaines choses. La Table Ronde… Comme si je m'étais trompé quelque part…

Léodagan — Il la fallait pas ronde, finalement ?

Arthur — Il faut continuer à corriger les choses, jamais se reposer sur ses acquis.

Léodagan — Il vous dit vraiment ça ?

Arthur — Non mais c'est moi qui le ressens comme ça… Je vous dis que c'est flou.

Karadoc — En tout cas, il est là. Il nous parle.

Léodagan — Bah il me parle pas, à moi.

Les deux autres sont plongés dans leurs pensées.

Léodagan — Peut-être qu'il se dit que je vais l'envoyer chier…

4. INT. COIN DU FEU – NUIT

Arthur et Lancelot broient du noir au coin du feu.

Arthur — On va reprendre les choses en main, Seigneur Lancelot.

Lancelot — C'est-à-dire, Sire ?

Arthur — Je crois que… Je crois que j'ai eu une petite baisse de foi ces derniers temps. Vous savez, le Graal, il y a des jours, il me paraît tellement loin…

Lancelot — Et qu'est-ce que vous comptez faire ?

ARTHUR — Perceval me parle, Seigneur Lancelot. Croyez-le ou non, c'est comme ça. Si lui m'a redonné la foi, je dois pouvoir la redonner aux autres.

LANCELOT — Et si notre cœur n'était pas assez pur, Sire ? Si nous n'étions pas dignes de convoiter le Saint Graal ?

ARTHUR — Je sais que nous sommes de taille.

LANCELOT — Comment pouvez-vous en être sûr ?

ARTHUR *(les yeux rivés sur le feu)* — Perceval me le dit.

FERMETURE

5. EXT. TERRASSE – JOUR

ARTHUR s'adresse à GAUVAIN et YVAIN.

ARTHUR — Vous comprenez pourquoi le Graal n'est pas qu'une simple coupe ?

GAUVAIN — Oui, mon oncle.

YVAIN — C'est magnifique !

PERCEVAL appelle le Roi, de loin, en arrivant par les jardins.

PERCEVAL *(OFF)* — Sire !

ARTHUR *(surpris)* — Putain, ça y est. Non seulement je l'entends mais je le vois, maintenant.

PERCEVAL — C'est moi !

ARTHUR *(comprenant)* — Mais… Mais vous êtes pas mort, espèce de connard ?

PERCEVAL — Non ! Comme j'étais hyper malade, j'ai dit à mon oncle : « Écrivez-leur que je suis mort, ce sera fait ! » Et puis finalement, j'ai gerbé, gerbé, gerbé et là, ça va mieux.

Arthur n'en revient pas. Il se retourne vers Yvain et Gauvain.

NOIR

Arthur *(over)* — Oubliez ce que je vous ai dit. Le Graal, c'est de la merde.